U0055066

當我們的愛還沒有名字。

陳克華

目次

第一章　行旅

幸福

那朵我不曾遇見的小花在這個世界的
某個角落開了
又落了

那個我不曾相遇的人在地球的另一個
晝夜把燈打開了
又捻息

我走在寂靜的天空下
星星月亮和太陽都在
只是我只看見了白雲

我抬頭

感覺到了我和一朵小花一樣的存在

的那種幸福。

2008/7/26

北國咖啡館

多麼渴望，在北國

天寒地凍中

行走至城市地圖泯渙處

恰巧尋著了一家咖啡館

「對不起，我只是

無可救藥的咖啡癮者……」

但僅有的回答

是同樣淡然的滾燙咖啡：

「旅人本不應如此群聚……，除非」

大雪已覆蓋整顆地球

人類傾全力

只能勉強維持一家咖啡館

那麼，從我懷中走私的最後一顆咖啡豆

剛好還夠煮出一杯咖啡

剛好坐下來等待

星星前來

拈熄一顆顆

今夜望向永恆的眼睛

2006／2／1

有一朵雲

—— 2010寫在新疆

1。有一朵雲

讓我走向那一朵雲　的下方

紮營鑿井

以影子為界

築籬做我的家園

籬外四下陽光猛烈

澆灌龜裂如焚的記憶沙漠

一旦踏入，從沒有人回來

或回頭過

的那片沙漠

2。歌

那時　沙漠的空氣中有一首歌

一道隱隱約約的濕氣

透明的歌詞

拂過湧出淚泉的眼

便有百花齊綻

沿著駱駝渴死前的足迹

唱出告別昨日的輓歌

3。花兒為何那樣紅

但沒有人告訴我

所有的盛開都是因為血

必須是青春的血液

每年春天從高山上溶化

流入每個兒子娃娃的血脈裡[1]

無論在獵弓高舉　或琴弦緊繃的白晝

還是在熱唇熟睡　而盟誓萌芽的黑夜

4。沙漠的那頭

而說好了我將與你相遇

且帶著一個天使般的弟弟

和萬貫家財　葡萄枝與大棗

跟在你的馬車後頭

往沙漠的那頭

從來沒有人回來

或回頭過

的那片沙漠　那頭。

2010/8/24

[1]：兒子娃娃──新疆俚語，英雄好漢之意。

俗物的道德志

從令人悲傷的紀念品商店

所串起的旅行回來

回到俗物砌成的城市

穿過俗物排列的社區

來到俗物堆滿的門口

回到俗物裝飾的家

孤獨是蹲踞牆角的一隻貓

冷冷地注視

這段他被遺棄的時光：

「這不是我所需要的⋯⋯」

俗物在我揹包裡紛紛自動走出來

尋找到**適當的位置**：

「對不起，我也不想

這麼庸俗⋯⋯」

我狗一般親吻他。

2009／12／11

邊界漢堡王

在地球上行走行走到最蠻荒再走不過去的地方
突然就有了一家
Burger King

和你家隔壁那一家味道完全相同天涯
真的若比鄰除了
店員兄弟口操西班牙文：

你還不跪下
晉見我們偉大的**漢堡王**……

在黎明天空

由藍轉白 的地方

在黎明天空由藍轉白的地方

我看見浮冰正溶化成水的海面

有那麼夏日確切泛起秋意的一刻

我清楚望見黃昏完全沒入夜黑的那一瞬

眼神由輝煌轉為靜謐的顏色

我步行向遠山由靛藍轉為湖青的地方

鵝卵石正分散為細緻的礫石再碎裂成沙

在一首歌最後顫音消失為靜寂的當下

我確實在風開始流動的那端寫了一封給你的信

趁這一波海潮退去而下一波海潮尚未擁來

趁上一個起念消失而下一個起念還未到來

拉達克的天空

一、藍月

我知道我確然已經錯失今生的滿月

但我乘坐名叫737的鐵鳥

巡遍了夜空

一再一再

徒然的飛翔　平庸的降落　勤勞的行走

——再從地上舉目

四望——直到
眼睛望出了血

直到天葬的刀劈散了我的四肢
臟腑存入眾鴉的胃囊

直到旅途的筆記本上
出現一行字迹錯落的夢境——

你走來舉起指月的手說
：你看，一個月內出現的第二次滿月
叫做

藍月。

二、流星

夜之旅人披起了高高的斗蓬

彈出一星煙蒂

倏地穿過——

我忙不迭用視網膜記錄下

這一行弧形發亮的

剎那之詩

（短至來不及閱讀來不及感受任何幸福……）

但終夜，且延續好多個終夜

我怔怔望著

滿天不流之星

——星從瞳中過，瞳流星不流——

全宇宙亮晶晶的悵惘……

三、好雪

才邁入九月

對面群峯的雪線便下降了

但僧侶們依舊光著膀子

在寒凍的晨曦中盥洗

開始早課

大聲祝禱　誦讚　十萬加行

復經行至午夜——

然後，夜半你踩過潮溼的地面

到巨大的山影下小便

疑心無形的雪正無聲下著

然後絳紅的僧袍上

浮起了一頂又一頂呢帽

掩住了貼慣手機的耳朵

白日群山召來了深色的雲

雲下一架架銀灰色巨無霸客機

正速速飛向電波汹湧的南方：

處。不。好雪。不。落。

落。別處。處。落。雪。

好雪。雪。好雪。好雪。

雪。處。落。不落。雪。

不。好雪。別處。別處。[1]

[1]：「好雪不落別處」，龐蘊語。

後記：2008及2009年夏率領醫療服務隊來到海
　　　拔近三千五百公尺的拉達克（Ladakh）
　　　義診。拉達克位於北印度、中國西藏、
　　　巴基斯坦及克什米爾三國之交，處處可
　　　以嗅見濃厚的軍事氣息，卻是不折不扣
　　　座落於喜馬拉雅山脈裡的藏族古王國。
　　　夜宿佛學院，晚餐之後有機會和喇嘛們
　　　一起夜觀天象，溫習在台北久暌了的清
　　　朗天空，因而有詩。

蝕

（兩首）

1。日全蝕

於是我將自己熄滅了一回。

鳥翅凝結在天空

獸迹埋入狼人的墓穴，我

此時也應該循著曲折的星光

曲折地看見你——你的眸子尚無法適應驟暗

猶在蒸著體熱的沙丘上

反覆搜尋昨夜蝎子們交歡的遺迹

但相同緯度的岩石和土壤

此刻依然炙燙，發亮

我們同時鬆開的額頭和手掌心

也是——日全蝕的片刻

我們放生偽死的龜和詐眠的蛇

努力回想一顆　佈滿善意的

層層漣漪的星球，像菩薩臉上幻化的皺紋

必須，你必須確切記憶的此刻

終於浮現：你我

曾在此刻完整地熄滅了一回。

2009／9／8

2。月全蝕

但是我担心這夜不夠黑

不夠完整地遮去自我

好放任眼睛去看

於是，我們相約在月滿的海上

充滿冥想時的呼吸和蠢蠢欲動

朝低處搔癢的慾念

低垂的星芒刺痛你我初蛻的皮膚

潛沉的船戴滿遠方肉體的動盪

一如終於月全蝕了的時刻

我們投射出的陰影如此巨大而渾圓

像一顆為黑水晶所召喚的魂魄

毫不遲疑在天空裸露自己的身世

並同時遮掩崩塌的表情──黑暗如此逼近

你的全貌，我曾經傾全力

經營地球終將發光

萬物俯首合抱睡去的幻覺

但暫時我明白：一切

都將只會是　暫時。

2008/8

意義

雁子行過的天空

突然　我看見

天空被賦予了意義　同時

我的眼球　被賦予了**意義**

我的眺望

被賦予了意義

地球　四季　雲朵　建築

生命　與遷徙　都被賦予了意義

一切只因為

雁天空天空天空天空天空天空天空天空天空
天雁空天空天空天空天空天空天空天空天空
天空雁天空天空天空天空天空天空天空天空
天空天雁空天空天空天空天空天空天空天空
天空天空天空雁天空天空天空天空天空天空
天空天空天空天空天雁空天雁空天天空天空
天空天空天空天雁空天空天空天空天空天空
天空天空天雁空天空天空天空天空天空天空
天空天空雁天空天空天空天空天空天空天空
天空雁空天空天空天空天空天空天空天空天
天雁天空天空天空天空天空天空天空天空天

2010

展

為收容千萬民眾建成的建築

如今容不下一小粒心的碎屑

我前來憑吊包浩斯

實驗過的遺址

身邊人群不斷不斷不斷

離去

離去不完的人群

繼續著不斷離去

但他們高貴的靈魂會在夢中

回到這裡集合

捧著他們鮮熱顫動的肝腸

佈置下一場展覽：

—2008奧運後游北京七九八廠

「這是我的**心**……」
鬼魂們說：「請感動我們。」

請深深感動我們。以一場血淚交織的嘉年華
動員千萬民眾的遊行
懲罰所有以愛之名
所強行的愛

（愛可愛，非常愛。）

「在被壞的藝術所脅迫過的眼睛之前
你必當懺悔——」
如灰塵污染的淚
懺悔他曾經離開

澄明如受傷母親的

眼球。

注：「七九八廠」原是北京朝陽大山子老城
區的電子工業廠房，建於一九五零年，
由蘇聯及東德援建，區內部分建築物為
包浩斯建築，上世紀九〇年代末至二千
年，一些藝術家來到這裡租用工作室，
如今發展成為中國最大的藝術區，號稱
「北京SOHO」。近年更搬入數百家藝
術工作室、畫廊、咖啡店，時裝設計、
演藝、影像、古董及廣告公司。

在

卡斯楚街

晚
餐

在屬於我塵世的國度

男子與男子，女子與女子

或說只是　人與人

允許自由相遇並自由相愛的奶與蜜之地

「這裡，愛是唯一的神蹟……」，我們的神

並不曾許諾過幸福

但許諾我飛越生死無常的大西洋

前來這森林、霧與和善之城

使用一道簡單的晚餐

在離彩虹書店和卡斯楚劇院兩Block處

坐在各個人種之間

有些肌肉發達，有些氣質優雅

有人落寞有人饑渴

有人牽著一隻微笑的狗從街角走過

我望向窗外已近子時仍亮著的天空

想起我繞行地球一遍又一遍

單身的旅行

突然知道了這是我的國的神

所能允諾的

最高的幸福。

2008/8/5

第二章　愛情

不明
不白

我知道

我不明白我的不明白

但我不知道

你明不明白

你的不明白

但是我們就相遇了

相愛了

（一如地球上其他人類）

在不明不白裡

2008/1/24

男男愛諦

終於，我來到長得和我一模一樣的男孩
的身邊　並肩躺下
如青鳥遺落在巢裡的兩根羽毛
那般自然　那般華美
那般理所當然的對稱

且那般洋溢著幸福的暗喻——
是的，一個和我一般溫暖
心如處子　身如脫兔　的男孩
——我們相互愛著

超越生殖　沒有婚禮
也不會有花朵的盟約和節慶的祝福

我們只是真的明白了什麼才叫愛情：
其甜美及其憂患

其純潔並其晦黯

其堅定和其動盪

與死齊等

甚至超越死亡，遠遠地……。

我們或將在下一秒改變心意

但在僅存的此刻當下

我們斥退了異性戀熱症的囂張喧嚷

清明如菩薩

經歷十地　阿僧祇劫裡誓不成佛

要以俱足的五根六識　七識　八識　難得人身

證得佛陀在苦集滅道

之外不忍宣說的　男孩與男孩之間的

愛諦。

2008/11/21

野玫瑰 男孩看見

——寫給Julien葉

1.男孩

你男孩一般立在我的門前

像外星人披著一件男孩的外殼

身後藏著狐狸　有著狗的靈魂

眼裡浮著一顆落日

以及那射向我的

全宇宙的夕陽餘暉

2.看見

我正好看見你

一如正好

一顆星星

看見另一顆星星

3.玫瑰

我們學習陌生的詞彙

如：綻放

陌生的句型

如：第XXX號星球的主人因自轉而暈眩

陌生的時態

如：永遠

4.野

一向我的拒絕

都是邀請

：「別馴養我，請馴養我。」

2012/2/19

注：年前得到一本葉俊良新譯的「小王子」
　　（little prince，安東尼·聖艾修伯里作），
　　重讀驚覺這本由法文直譯的「小王子」所帶
　　來的感動，超過以往的由英文轉譯的版本不
　　知凡幾，小王子頓時如好友重逢般形態立
　　體，面目清晰起來，特為詩感謝。

那時我們的愛還沒有名字

——寫給歐陽文風

當我們的愛　還沒有名字

甚至連時間也尚未誕生

我們像孔子的兩名門徒

在黃昏的河水裡

為彼此洗浴──之後在岸上

召來遠方的風

吹乾我們身體

粘膩的　生存的悲傷　與強靭的慾望

只留下一層薄薄的鹽粒：

「讓我愛你如鹽，好嗎？」

因為逐日如鹽泯渙的自己

我們曾立下鴻願

要不停為自己出征

奢言著**天下　天下人**

應如何如何——其實

我們連自己也無可奈何——

惟一慶幸的

人世還盛行這麼多的難堪

與愚行，堪指責堪諷諭堪玩味

堪日夜煩憂：

「所謂云云眾生也無非一群直行的蟹……」

怯於世俗　昧於真相

獨醒的我們的

長久獨醒的心，竟也

怯於白日退卻後的寒涼

昧於千里之外地震般發生的體溫

只好長夜潔淨著彼此的身體

：「人間已猥瑣而征橫，

而我們的愛還沒有名字……」

那懂得鳥語的弟弟

為我們召來了清晨第一聲幼穉的歌唱

同時天雨著粟米紛紛

我們各自明白著彼此的並不明白：

「佛以一音演說法，眾生隨類各得解……」

我們同時聽見了　此際

鬼魅唱著

我們的愛的名字⋯⋯。

2011／9／6

後記：歐陽文風，華裔馬來西亞同志作家兼
　　　同志牧師，2006年公開出櫃，2011年8
　　　月31日與其同志伴侶Phineas Newborn
　　　於紐約州註冊結婚。出櫃時馬國媒體
　　　曾諷以「螃蟹亦教子直行」。

初遇與辭別

首先，是我們的初遇

然後便是漫長如一生

的辭別，像初熟的果

在華滿的枝頭夢著　躊躇著　如何

如何在空氣模糊為風的那一瞬

清脆地

墜落

2011 / 1 / 25

很快

很快他就不愛了
像在電影轟隆隆的終場
決定提前離場

穿過黑壓壓的擁擠人頭
挨過幾道刺向自己的目光
踩過幾雙喊痛的腳背
步履蹣跚卻無法稍稍停下
眼前一片黑，長而曲折的，意志一般的黑——

很快，他步入了光明
很快地，他

一直便都
很快了。

2011/9/18

情
詩

喜愛一個人，會喜歡他屋頂上的烏鴉
討厭一個人，會討厭他家的牆壁籬笆

走在一個些微異樣的清晨
陽光，道路，天空的雲　和人的表情
我既無討厭也不喜愛

那異樣從何而來？

2011/9/18

最高花

——鶯啼如有淚，為溼最高花（李商隱）

日頭很快又偏斜

我的熱望如入夜後

一層層，逐漸涼薄的袖

眼眸如沉睡的湖騰起了霧

我，我的心是潮溼的

逆亂羽毛般潮溼

彷彿飛過整座暴雨的森林　後

終於棲止在靜謐的　一朵

最高花。

2011/6/15

想你在你孤單的星球

公轉想必很累了還有自轉

行走間雜著舞蹈

絲質的領巾同你的髮鑲著黃昏的金

揚起以寄居蟹換殼的速度

我奔向你那時我如孩童般

奔向如孩童般的你——

你，和你孤單的星球永遠看得見夕陽

起飛太累你於是引來金色的小蛇

在指尖輕輕吻了一口

那時所有足印皆脫離了地心引力

寄居蟹望著一隻空掉的殼一如此刻

我睜開眼用盡全力

望見宇宙所有的星星。

2011／12／18

2007 寫給 Burt 三首

1。春日之泉

在劇寒的深深春日裡

我原已準備迎接夏的身體

突然萎謝如遙遠雨林深處

一朵肉質厚瓣的花──

在漫天冰晶的侵襲下

渾身是銳利的傷

只有高山溫泉依舊完好

氤氳地沿凍原之礦脈盛開

而那說要去探勘遺世溫泉的人

在歷經了時光與體能的艱苦跋涉

在最荒僻艱險無人能到的所在

遇見了

地球嬰兒期的無染泉水，突然明白

：那是眼淚……

2。我的身體所訴說的愛……

而就在春寒此際

我察覺身體如何急切訴說

對愛的渴望

（像突然被抽去蔽體衣物

走在雨後擁擠的大街上

——是當眾裸體的羞恥感

還是想衝進一家咖啡館取暖，

比較接近　　此時

愛的感覺？）

但我分明察覺

我的身體　　　像半飢餓

又飲了烈酒

又值青春發育　的原住民少年

想和什麼緊緊黏合

又可以開腸剖肚引吭高唱

又可以勇敢地衝進大雨之中

又衝回來

帶給你一把好刀的那種身體

訴說：

冷嗎？我胸口這裡是暖的……

3。採溫泉的人

踩遍岩礦的無盡臺階

佇立地球花園那端的那個人

說他必須離開

專心採集他的溫泉去了

在高海拔的冰鎮空氣裡
他將他同樣冰鎮的肺葉和心室
浸入一朵朵溫泉的身體裡

（溫泉如花　他被氤氳花香圍繞）

——幸福如斯，靉靉靆靆
他如礦石晶花之蓬勃雄蕊
由無明地心無間湧出

「其實每一朵溫泉皆該遺世獨立，
不為人知……」

但他畢竟為此命名花季
一如

他曾——離棄的愛情。

2007/4/8

日出前

日出前他這樣形容：

我　好像一架鋼琴。

全身都是琴鍵

任手指隨意上下　即興演出

我斷斷續續的睡意

和零零星星的清醒：

他自信而從容的微笑

像從忙碌的骨節裡生出瞬時的花

聚光在舞台中央

他怡怡然踱出

揮手致意　四面

拋出飛翔的吻

然後打開我，坐下來，低頭試了幾個小節——

「完成我……」

我彷彿聽見

我的身體這樣說。

老靈魂

初遇時我的靈魂就已經很老了

輪迴得疲累已極了

每一世的盛衰興落　愛欲情仇

如累累的花屍

伴著我心上厚重的蒼苔

掩去一世又一世的記憶

但我知道我自出生時就很老了

就明白愛需要很大的力氣

需要直見性命

需要生死以之

需要淚流如大地之靜河　山巔之暴雨

需要赤足奔過黎明前的荊棘之野

需要風霜雨雪的凌辱鞭笞

需要曝屍時光的冰封北極

需要命運的飢餓的獸

來挖出胸腹間猶溫熱顫動的肝腸

需要靈魂渾身痛楚地離開寶愛的肉身

在中陰界忍受更多尖銳如割的知覺和茫惑的光

然後在可以漫長如好幾世紀

的七七四十九天　又九個月後

來到另一具肉身

重新點燃愛染之火──

這時，我遇見你。

──我知道我會遇見你──

我其實是

深諳

輪迴之苦的……

但我明白

我是守約前來

為曾經答應過你的

要如此這樣

再愛你一遍……

綠光

你依然記得一種幸福存在的狀態。

那是在人類意識築起的摩天建築

和夢的高原的邊界

空氣稀薄至不至於失去意識

但夢已清楚浮出

的狀態──

那時人類的聰明智慧累積復累積已過巔峰

只剩重覆

我們回顧

來時的一切美好：

「一切竟都如此　唾手可得⋯⋯⋯⋯」

我們攜手走過

永遠的落日

在時光的沙漠上鑄鏤下我們的影子

「從此我們只須行走飲食就已足夠⋯⋯」
足夠解那靈魂的永恆之渴。

彷彿眺望得太久了
眼睫像失足的鳥終於墜落
此刻。我們緊握了雙手握緊此刻
此刻此刻此刻此刻此刻此刻此刻此刻此刻此刻

此刻如黏稠的原子吸附成金
此刻也終必消失如掌中沙礫

此刻，我們同時看見了地平線上似有若無的
朝著我們揮別的綠光⋯⋯⋯⋯

漸
漸

但從此我的生命裡只有漸漸
當我確然明白我魯鈍而且矇昧

但仍漸漸，由童稚　而風霜
第一次看花的心情

必須遺忘
如今，我想記住的是每一道花瓣色澤的轉變

那過程如此遲緩呵
而且只能漸漸

漸漸，像在時光的流裡
找到了與時光一致的節奏

我也毋須突然停下來
改變我的顏色

一切只會是漸漸，漸漸，漸漸……

鴿子歌

你鴿子一般離去門就這樣

開啟了

又緩緩闔上陽光逐漸變窄

窄至一縫　我看見你在其中　緩緩踱著步

若有所思　膨鬆著胸前羽毛

優雅地顧盼

如此堅定　地離去　我記下了

你鴿子一般圓睜的眼珠子

如此絕決　甚至　是低低地鳴著

一些我不懂得的樂聲

伸長　又收斂著豐滿的翅膀

的聲音　雙足踏過砂地

的聲音　眼淚

打在屋簷　全世界屋簷

的聲音　我聽見我的胸口　裂開

像一張無聲　卻亟欲呼喊的嘴一般

碎成小片小片　落在

你踩過的砂地　的聲音——

你鴿子一般離去

我以為那時

天空必然充滿　振翅疾疾的聲音

雲朵追逐的聲音

陽光折射的聲音

遠方召喚的聲音

——但當下　如此靜寂

廣場上有人　餵食著鴿子　有人

有人加入　有人離去

如棋盤上的影子　挪移

命運的力量　隱形的手指

推移著我　著你　你的離去

落在地上的穀物　麵包屑　鴿子的糞便

像擲出的紛紛的骰子

你悠閒底踱步　在其中　踱著步

踱著鴿子一般的步子

離去　我看見你鴿子一般　底離去

門開啟了然後闔上

影子貼伏在地上　如此

如此堅定　優雅　緩慢

延伸　向未來　鴿子一般的未來

有天空的光　雲朵的光　風的光　遠方的光

──你鴿子一般飛起來　高高高高地飛起來

廣場在縮小城市在縮小地球在縮小

人在縮小我在縮小

我們的記憶在縮小

我的凝視在縮小眼淚在縮小

一切在縮小　但

命運在擴大

我在你身後

看見

門開了

又緩緩闔上

在縱橫如棋盤的廣場上

命運的隱形的手

正如所有的鴿子一般

盛大

降臨

2007/12/19

第三章　肉體

吻

是

接過吻以後

才發燒的。憂慮地

我煮著一杯擠了檸檬的可樂

（據說對愛的倦症有效）

一邊考慮該如何向你解釋病情

（咳已咳咳已沒事咳咳沒事了咳咳咳）

你不著邊際地掏著染有菌子的手帕

醒著你悲哀腫起的鼻子

（T城剛剛用盡最後一支憂鬱症疫苗）

而生病對我而言是多麼一件奢侈的事

（如果我能就此華麗地死去

那又另當別論）

我決定開始和街角那位新開業的婦科醫生約會

不想浪費太多阿斯匹靈

和演技。

宛如春蕊

他發email來說昨夜他夢見我

一位未曾謀面的網友

幾年來互相留言過幾次

他的照片很模糊　大部份是他的胸和腳

我不知道他看見了我什麼

但他的大腦神經末梢透過網路

伸進了我的身體

「這樣就很好了……」我感覺他這樣說

他汗溼的手指

梭巡過我的下體

還有意淫的目光如月光曬遍

我青白羞怯的小腹……

（……我不覺得我夢了什麼

我甚至不覺得今生今世我們會見面。）

「那你覺得如何？」

他沒有回答。

2008/2/7

諂世的妓女

我們，必然前世曾經
是妓女。否則
我們不會如此疾疾
奔向婚姻　生兒育女
（同時嚮往婚姻外的自由）

如此大力宣揚愛情與忠貞
卻又如此嫻熟於劈腿

我們　每個人，必然曾經是
妓女，携著枕頭和淫具披星戴月
焚如眼淚的膏　纏如陽具的曷
勞動復勞動　沒有國訂假期

否則不會如此慣於鏡中取悅自己

鏡外取悅別人

（老闆或老鴇）——

如此注重修辭、眼神、表情、儀態和應對

進　　退

——否則我們不會如此

敏感於生存和權力

早早和這世界簽下了賣身契

然後努力接客接客接客

交換

極有限的獨立自主

——否則我們不會如此在意年華

老去，孤獨，皺紋

兵馬倥傯的初夜權　等等

否則我們不會在非繁殖期如此頻繁地性交

同時，企圖在今生

拾回那永遠遺落在輪迴裡的

由真愛點燃

由肉身完成

靈魂裡的聖潔高潮……

2008/5/24

2010/6/10

活不過33症候群

——寫在李小龍七十歲

你把拳頭插入另一具男體裡

愛得如此義無反顧——

在那弱肉強食的新大陸

愛　就是讓對方倒下　掙扎　卑屈求饒

痛　苦

死——

而你原是如此擅長死亡，那年你33

我11，正悄悄　微微顫抖地

想將自己溶解

在戲院古朽而自high的黑暗空氣裡

青春因你濺出的血急急萌芽　綻放——

你把拳頭插入另一具男體裡

愛得如此拳拳到肉

以抽搐的胸肌和咯咯作響的拳頭

以滾燙的汗珠和歇斯底裡的嘶吼

去見證愛與死原是一體──

死　就是讓自己血脈虬結　呼吸急促　抽搐

射精　一般底

流血──

但在亮得刺傷眼球的螢幕上

你睥睨的目光掃射過不公不義的世界

更像個失怙失愛的街頭小混混

半裸著上身獨來獨往

還未完全蛻化成

成年人的眉宇清秀

無邪表情裡盡是

男孩與男孩之間的溫柔情義……

（一位鄰家大哥哥作完伏地挺身與單槓

向我展示鼓脹如肥鼠的二頭肌

並立下無悔的盟誓：

別怕！任何危險都有我……）

所有立在你面前的人都死了。包括我

死去的　孱弱無力的童年——

11歲的我去了如今你去的地方

希望能做你的弟弟

希望你牽他的手

撫摸你堅硬如石的二頭肌

希望你永遠愛他且

永遠活不過33。

2010/9/28

他
剛
才
從　健
身
房
出
來
嗎
？

他剛才從健身房出來嗎？
一副剛洗完澡的樣子
肌肉高高頂起胸前的T恤
臉上表情有一種清潔的詳和——

想必剛剛才手淫過
或是才做完愛　或僅僅
在黑暗的蒸氣中胡亂摸過一通
之後的那種放鬆——

他就要回去工作了
或是回到家中的床

空無一物諸神禁足的床

有一灘白色旱死在廣大床單上

或是床邊有另外一個人

同樣過度膨脹

或　過度萎縮　的一個人

啞鈴一般　欺身

向著他被紫外線炡曬黑的影子壓覆過來……

男色多瑙河

那年他終於治好了他的異性戀症

驚覺　娶妻生子成家立業原是荒唐歧途

真實生命於焉開展

廣袤的中年平原　華美而零落

他滿心孺慕

眼見歧途之外　只有荒涼

但荒涼之外　三千大千

他踽踽獨行而過

心是乾的　慾望是黏的

僅有肉體的蝴蝶遮天蓋地飛舞

其中多瑙河流過

他苦惱如淫雨的流域；

「**真實**原是如此銳利……」

眼前世界霎時破了一個個

心念的海市蜃樓紛紛漏了出來

「除非連同此身也不存在……」

他伸手向河水終於

決意走入

一條河的名字。

「多瑙河真的……是**男色**的嗎？」

是的。

藍色天空也真的是

男色的。後來

他的屍體不曾浮出

男色多瑙河。

靜物，溫泉男

那不斷被灰濁的溫泉洗滌的

岩層　靜物般

顯露出侵蝕後的斑爛

與靜謐。一如那些曾被青春洗滌過

已經中年　略顯疲態　的

男體們　也在溫泉裡

排列成靜物

雄性的小腹

和偉壯的腿肚

和纍纍的陽物——

彷彿和噴著泉的岩層競爭

誰能更赤裸

誰更能赤裸

地　湧出　汹湧　不擇地皆可出的

溫泉。一如地球還在青少年

第一次溫暖而平安的

勃起。

A●m

———

五十歲寫給原子小金剛

在尚未顯現性別之前

我便認出

你熊熊的雄性

永遠蓄勢待發

又永遠無法達成的

雄性——你是機械造成的男孩

不必遭受青春期的考驗和性荷爾蒙的洗禮

——但人類卻賦予了你

人類再進化億年也無法進化出的

品質，譬如：角椎狀的髮型（兩隻）

譬如說飛翔

譬如說只穿一件黑色內褲飛翔

譬如勇敢。

（我是如此愛你，當我年紀

和你相仿的時候

我便知道了什麼是愛，因為你）

譬如僅以一顆童心

擊敗宇宙一切惡魔——已經長大成人的

惡魔們

如我，五十歲的我

蠢蠢欲動

五體不滿

而你依然是個孩子

我不能，不被允許情人般吻你

不能熄掉你腳底的火箭推進器

關掉你一切超人特異功能

並同時蛻下我們身上僅有的長統靴子

和黑色內褲

教你勃起

如何勃起　乳頭站立　膨脹　飛翔的快意

從囟門直衝破大氣層

膨脹的宇宙　速度　速度的極限　從瞳孔看

進去　吻　舌頭　吻

吻到感覺吃進去　或被吃進去　你的瞳孔裡

　好遼闊的瞳孔呵

有好多星星　亮晶晶　晶晶　好多好多的星

星　亮晶晶　晶晶

然後在彼此身上尋找到

最稚嫩　初萌芽的雄性……，

當然還有勇敢

——但你是不能愛的（被設定）

起碼不能如情人般互相愛撫，舌吻

吻過之後還要繼續在彼此身上蒐尋

其他性器

（無止境地蒐尋）

隱蔽的一顆按鈕

鑲在你我如嬰兒一般的身軀

我有肚臍而你沒有

但我們的確曾經如此相愛——

2003年4月7日出生的你

知道這個世界永遠製造不出

像你這般的機器人

（現在已經2009了，多麼令人沮喪的2009）

因此你找到了我身上的按鈕

勇敢地按下　　引發

靈魂一場核爆

點燃了

卅年後仍令我措手不及的

青春期。

2009

寵物

──寫給癌末的朋友

他懷抱著一顆腫瘤如一隻寵物

像打坐的僧人

冥想著人心不能明白的因果

如實底削瘦

和痛

寵物逐日長大

逐日有了自己的脾氣和想法

但也逐日依賴

視一切為**理所當然**

：「讓我們同歸於盡……」

他的冥想努力剝著

一顆剝之不盡的

真相的洋蔥

涕泗縱橫中

寵物的思想如

腫瘤侵入著他的

終於，他的生命達成

與腫瘤合一的境界

：「讓我們同歸於盡……」

2011/7/28

綁綁

同志都被同志的靈捆綁。她篤定。

她說：這是真的。她親眼看見過同志的靈。

頻繁寄了些夾帶著神

的愛的email給我：

因為神的愛他（她）們都不再愛著他（她）們了。

她要我站在她身邊，和她一樣高舉左手。

她想或許這樣我將會愛上

她——她甚至說她曾經和一位高中同學（她1）一起

暗戀過另一位高中同學（她2）

因此爭風吃醋——

但多年後她只在一個展覽會場裡再見過她（她2）

她說那時她（她2）已是兩個孩子的媽

同時切掉了一邊的乳房因為乳癌

她說同志都只是暫時被同志的靈綑綁而已──

然後她戀愛了。

她結婚去了

不再和我說些什麼同志什麼綑綁了。

但曾經有人生下兩個小孩切掉了一邊乳房後

去看一場展覽──

我突然想知道

那是被什麼樣的一種靈綑綁。

2011/4/23

迷宮

在你設下的肉體迷宮裡

我被你斷句

太隨意地

像軟弱的詩　被歧義著

看似隨機　且無止盡　地

排列　我的召喚

與回答

迴旋如蝸　因為痛

而蜷縮時的樣子

呼應你的迂迴

我勢必自日常

脫隊　脫離例行　與規律

遵循意外——是的　意外的花朵

盛開在指尖　靈感第一次降落的地方

慾望筆直的跑道　平行於脊椎

起飛穿過語言的層層雲障

遠離著　瘋狂繁殖的地球

我說　我說　可是所有心中的話語

身體早已代為說盡

──那些臃腫的腺體正試圖旋轉　以不被理解

的黃金比例

的角度　改變生命黏稠的慣性

在天光朗朗的大海上

召來暈眩的霧

而霧角在說：這裡就是終點了

航圖上的光正在熄滅──

你只可以在我肉體裡安息

你只可以在我的

2009／4／8

在蚊蚋的攻擊中分手⋯⋯

你的手，觸及了我胸前的金剛結

記得師父告誡過的

那屬於禁忌的觸碰

即便只是剎那　只是無心

（但所謂命運不也就是無心的剎那的之後之後

之後種種？）

那垂落於我兩塊胸肌之間的紅色線團

不容任何觸碰——

自從那晚起

蚊蚋便攻擊起我們莊嚴的睡眠。

彷彿情慾的神祗鬼魅突然

從嘴器和羽翅下紛紛現出了原形

在墓園一般平整的床單上

四處恣意挖掘　坑坑洞洞

被蓄意破壞的體表散佈着半開的墳

暴露出被單下深廣堅固的黑暗

和流動噴濺的病毒：

你不可以愛　你不懂愛　你不能愛　你無能於愛

你不可以被愛

你不愛

我我我們只能清醒終夜

如一頁久久翻開　而不能卒讀的經書

（一如人生頓時湧現太多深奧的別字

或分行斷句錯誤或譯名分歧或根本無可理解）

趕趕蚊子，換床，換房間，抽煙，搧扇子

終於在牆角翻出了蚊香

終於房間充滿了一種甜甜的人工香氣。有毒的

香氣激發著唾液。和睡眠。

我們終於分手。

2007/3/27

同志的心

——2010寫給廿一世紀的異性戀者

我把我同志的心

藏在地球最為隱晦

月全蝕時於深十萬噚海底火山產卵的盲魚

的不為人知的棲息地——

父母產下我　但沒有絲毫理解地

游走了

之後我生命中所有的行人　只是輕倩地行過

投我以搜奇　或　禮貌

的淡然眼光之後　也游走了

但我的心依舊如期孵化

（不需任何養份）

成一種眾人無法理解的幼蟲——

醜惡　猙獰　元氣飽滿

彷彿就要為人類帶來全新的疾病……

「但生而為人，本身就是一場病……」

我蛻變的心

人類的病中之病

　　　　　　　　的病原

像一種無法形諸任何形式的愛

偷偷，念力一般

藉由新世紀的靈修者華麗的咒語

穿透了一個個

進化至

無能於愛

又在夢中偷吻了自己

的異性戀人類……

2006/10，2010/6

第四章　佛思

十億個名字

抄寫完佛的十億個名字
他靜待這個世界的終結

他的童年和老年同時走來
面前俱懸一面光纖面板：

「世界末日？末日已在我的遊戲機裡反反覆覆
上演過無數遍……」童年說。

「世界末日？唯愛超越死死生生。」
老年說。

此刻，他終於憶起他累劫以來的十億個名字：

我。

2011/1/25

不足

忽地流下千斛眼淚

為你

同時，感覺到流淚之不足

那麼，就再把時間都給你

永恆的時間

像我掌中盈握的水

因為你　潰決流洩

（還有）

那麼也要去我的身罷

我的髮我的眼我易感的心肝

每個人都寶愛的自身

請你寸寸肢解

如昔日歌利王肢解著菩薩

是的，所有割裂的痛都因你　而歸我

好嗎

還有內心僅存的一點點驕傲

你也必須拿走

乞兒一般

踐踏我的尊嚴在塵土裡

然後

親手揭開死亡

那一串你親手編織的死亡項鍊珠光閃爍

仁慈地為我戴上

（死亡之後是什麼？）

但相對我試圖給你的愛

這些多麼不足

於是我求著你了

（一無所有者的請求多麼輕賤）：

讓我起碼螻蟻般　在你身邊活著

在屎溺般的色界

吸吮你的香氣意念為食——

（活著，）

於是我終於能夠

記起我與佛陀的約定

我要為愛決乾我全身的血

再注入眾生

萬物的——

植物　礦物　濕生與化生的

山川　大地　天空和雲彩的

「日月星辰，他們也都有血液？」當初我問。

「是的。」佛回答——當初

萬物與佛的如是盟誓。

2010/2/17

反面

你冀望走進那個世界裡去。

那裡，左是右。上是下。黑夜是光明。悲傷是喜悅。父母是路人。堅硬是柔軟。

絕望是希望。

肝藏在左邊。眼淚向上流。

愛是不愛。帽是靴。

死是生。慢是快。忠誠是背叛。

飢餓是飽足。凶是吉。

我在那個世界做了一個夢，夢見了今生。像一隻手套的正面。脫下來。

是反面。

太多螞蟻

為了不要踏死路上太多螞蟻
他們在求道的路上停下來
結廬而居

在只結蔭　而不結果的樹下
組成家庭一般
他們各自自己人間的角色
生養更多螞蟻般的子女

遠離著市集與地圖
只親近月暈和星辰：

「我們終必也將被踏死……」
他們冥想時看見天際

一朵巨大的足狀雲朵正速速朝人類奔來……

2011/6/29

早餐店裡的自由

「免於被一切野心催迫的自由⋯⋯」
今晨在早餐店裡彷彿聽到

當煎蛋與乳酪插入麵包
咖啡機汩汩小便著咖啡
陽光如舞台的燈指揮著劇情
樹已然重覆了**一切秋天**──此刻
我突然感到一種全新的自由

於此刻誕生的必要——

如早餐店窗前一朵小花

在晴天的陽光下盛開

在人類的目光下枯萎

有人忙於注入清水

有人忙於移走屍體

2011／3／2

2011／4／23

浮生夢遊

——

三首

1。佛陀的樣子

我前來看見你那麼雄性地立著

那是我喜歡的樣子

犍陀羅的王子——

雖然，那不過是人類內心的投射

你並一點也不希臘

而你之後的樣子一點一點改變

一點一點毀壞

終究要和這世界，時間，人類

一起毀滅，消失……

但我仍願意在你的像前多逗留一些

多看著你

感受一下

人類完美的可能——

儘管知道你會叱責：

著相！

2。緬甸

你把自己緊緊關起來

和人生的種種苦迫綁在一起

用盡受想行識

經歷成住壞空

方才證得人生如一方安靜的天空

一潭無驚的湖水

一顆遠離地球的熱氣球……

「人生無非是苦……」但

我們努力從中提煉樂的幻象

生老病死怨憎會愛別離

佛陀原都說過的

我們不過是重蹈

當做靈魂真正出發前的一種練習……

3．巴基斯坦

在漫天黑色風箏中來到拉合爾

我懷抱著犍陀羅佛像的祕密

驚恐於爆炸與暗殺的傳言如硝煙四起……

我想念那遺失在舊市場的玫瑰色清真寺

蒙兀兒的鏡子拼成的夜空

《一千零一夜》裡的香料市場，飛天魔毯

沙漠客的羊毛披肩和藏寶洞窟……

但一切都漸漸破敗了

佛陀垂睫凝望過的土地

沙漠裡荷槍軍人喝著黑咖啡

步行過僧侶們聚集過的廢墟……

死亡遍在

但祝福的星辰　在夜的屍首上方

悄悄唱出了第一句祈禱

無知者的自殺指南

吞點水銀再去投海
確定能沉得下去

沉過十八種哀嚎與窒息
到達地獄最底層的地板

敲敲那海床盤石般的堅固
是一塊塊善意的鈦合金

「這時需要金剛能斷的智慧……」
你喃喃自語:

人類該要進到更深的地獄
繼續折磨自己的良心

但獄卒走來驅趕你的中陰身
：因為經費不足環保人士抗議氣候暖化等因素

第十九層尚未完成開放──此時水銀在胃裡
和胃酸混成一丸餌

葬身魚腹或許
是自稱愛地球者的一種壽終正寢

你繼續地面良善的一日，發覺
當下的折磨哀嚎與窒息，不多不少

正符合宇宙魚腹裡的日常
生活所需。

2011/6/16

瑜伽兩首

（一）

我把我的衰頹藏在第三節腰椎裡

憤怒在結腸左方

急躁繫在太陽穴

貪念沉澱在足踵

疲勞化作青黃的眼屎

懶惰放逸堆高著血糖

野心縫在右側的胸肋

當我振翅便有撕裂般的痛楚

夢環繞著頸椎頂端

催生著骨刺

慾望附身於攝護腺

臃腫地蹂躪著尿道

焦慮寄生耳道繁衍著耳鳴

殘忍穿過鏡片

隨凶惡目光在閱讀的距離引燃大火

眼前一片頭角崢嶸

然後真的覺得累了

靈魂的關節僵硬如石

記憶的碎片在行走中掉落紛紛

我彎腰劈腿做出英雄式

身體不過是一面鏡子照見

死亡幽微地出入鼻孔

當手指拈起一瓣昨夜的落花

我看見春天茂盛地佔據骨盆中央

2010/5/12

（二）

「**你**，就只是你的身體

而已。」是唄——

來，跟著我做

臉頰貼著你的小腿滑過

額頭輕輕吻一下恥骨

右耳躡行過左鼠蹊

視綫投向指尖

所指向的無限遠處——

先鬆綁你的關節，再旋開你的脊椎

那藏匿其中的惡夢和歹念

恐懼和憤怒的體垢

業力運轉的按扭

：「釋放出來，通通**釋放**，否則遲早

會觸碰到記憶巧妙偽裝的痛處……」

此刻，你長在松果體上的千眼

一一睜開，當身體泛起了黑夜

你看見了情緒，霸佔你身體多時的情緒家族

所共同演出的人間之戲

藉由你此生不曾動用過的肌肉和韌帶

進入此生的最高潮——

那時你口中不自主發出　　唵

你聽見山河大地也發出　　唵

回應你和你自己做愛

所發出的　　唵

那時，你就是　　**唵**。

2012／3／7

膏肓

——公夢疾為二豎子曰：「彼良醫也，懼傷
我，焉逃之？」其一曰：「居肓之上，膏之
下，若我何？」醫至曰：「疾不可為也，在
肓之上，膏之下，攻之不可，達之不及，藥
不至焉，不可為也。」（左傳，成公十年）

1.膏之下

於是你逃向了膏。

相對於肚臍

那是終點，一切的

身體的　宇宙的終點

針刺不到炙燒不及

藥石所不達的處女地

被生命建構卻又未被生命污染

你說再沒有比膏

更適合藏匿

及閱讀靈魂的處所——

於是你提起津液精氣正襟趺坐

煉起小小的延命或智慧金丹

在這象徵死亡的方寸之地

祭起超越永恒的旗

像端坐颱風眼裡

鳥瞰身體外的人世倥傯

像從此在這黃色脂肪的深穴裡

栽下合身的棺廓

安身

立命。

2.肓之上

於是我逃到了肓。

在心臟巨大的輾壓與撞擊

及橫膈無盡的舒展與起伏　　之間

我一縷命香似地

飄來這針刺不至炙燒不及

藥石所不達的處女地

主司生老病死之諸鬼神聚集的福地洞天

日夜辯證著心與物靈與肉

生和死　飛昇或沉淪的二元矛盾

像納盡須彌的一顆芥子

我彷彿坐在黑洞的中心

召喚霹靂而去的每顆星系

回歸胎藏　方始金剛

因病而生　也由病而滅的每一朵生命呵

：來，來我這裡品嚐光

靈魂的光　及其投射下的陰影

我們必將在那光與暗的盡頭

埋下今生的棺廓

安身

立命。

2010/8/31

靜坐二則

一、弦

「其實天地萬物一直都處在冥想的狀態，
除了人……」你說。

彷彿聽見每顆靈魂
的中心那條弦
此刻，同時震動成一條巨大的天籟
：鵝卵　繼續堆疊出更多鵝卵
　水晶　靜默結生著更多水晶

心念，召引來更多齟齬的心念——
肥厚的唇擦音　銳利的齒擦音
像遙遠歸人們的急促跫音
被我
傾斜的右耳追踪
又將我脆弱的左耳刮傷

「火宅即將崩陷了——」

樹依舊長高

潮仍然起伏

人類如追捕獵物的豹影的

身上的紋路

不曾驚動

任何一株野草的冥思

便已消失在蹬羚偶而出沒的廣大草原……

二、香

「其實，我們一直都是氣體的存在，

濃濁沉重的那種⋯⋯，」我說。

看不見你　或我　或每一個人

只分子般旋繞嘶咬和纏綿　難分難捨

難分軒輊　難分彼此

的一團煙霧　盤昇

自一柱凋萎的香　周圍站著更多枯黑

或成灰的屍體

「但忘了最初的許願⋯⋯」

所以只好隨任心念塑形

冉冉上升的萬物

眾生：

起先是**樹** 長高的樹 不斷長高

如**潮汐** 起伏的**浪** 翻滾的 **豹**

浮動的豹紋

驚動了野草

草叢中一群蹬羚突現

又一群蹬羚

接著一大群一大群的蹬羚

更多一大群一大群受驚的蹬羚呵……

2010/11/22

戲

一切從愛出發。愛你自己

你的家人朋友　鄉土國族　乃至

你的仇敵。「放下，

你必須徹底放下

像穀粒完全掉落的稻穗

重新昂首　感受天地之外的輕盈

與搖曳……」──我獻上如山巔之雪的哈達

合什祝禱：

佛啊，請拿走我的髮我的眼

我的牛兒馬兒我珍愛的所有一切

如果因此

換得煩惱不生……

但佛留下了一切

我，我和眾生纏縛一起的舞台：

肉體芽生的欲　無明籠罩的記憶

戰亂流離的影子

如鷹翅般掠過眾生恐懼深陷的眼窩

——記得，如果我們**記得夠多**

我們累世原都曾彼此傷害過

我們也將繼續輪迴傷害彼此

我們手中武器豐足，戰旌高舉

一如遊牧的先祖們隨時準備好殺戮

以萬事萬物之名……，甚至

以愛——但連愛

也將被佛陀揭示為一場遊戲，我們

終於入戲太深

忘了到來之前

我們原已寫就今生

這場血淚交橫

又慈悲滿溢的劇本……

2008/5/24

聽地球的人

——為日本東北大地震而寫

他聽見地殼移動的聲音

夜以繼日地以龜行的速度與意志

像在乾躁的秋日清晨走過枯瘦的林子

踩過葉子的屍體所發出的清脆巨響

但他聽見落葉底層更細微的腳步

像蝸牛行在雨過的塘邊

像洋流悄悄於暗夜改變著方向

像極地兩塊浮冰安靜的碰撞

像最深海溝裡兩隻抹香鯨的交媾

像熱帶雨林一隻鸚鵡無心的振翅——

他——傾聽一如傾聽自己的耳鳴

由於內耳那座迷宮的傾斜而產生的耳鳴

呼應著地球大陸板塊的遷移與擠壓

他聽見大地如糕餅般四散陷落

上頭許多許多螞蟻疾奔向各自不同的方向

所有的方向都如餅乾屑般掉落風散

他聽見螞蟻們最終的掙扎吶喊

像毛毛雨打在水面的漣漪

不斷微弱地散開像逃生的蟻終被

巨大的無聲海嘯所吞噬終於他聽見自己

心跳如鼓呼吸如弦每一道血流的

回漩與合流每一顆細胞的嬰啼和

睜眼，那同時也是每一顆星體的聲音

透過無垠的宇宙真空和乙太傳來

當板塊與板塊於海底互撞他忽然

覺得自己的心也碎裂了隨著

地軸偏移大海鼎沸大地如粥

他翻開不斷改版的世界地圖

那些斷成虛綫的海岸與稜線被立可白

塗掉的地名被標成紅色如一塊塊血跡的區域

他可以感覺他的心在大地震動

的那個瞬間整個碎裂了

如潘朵拉的魔盒掀開一縫

飛出收不回的無數預言與謠言的幽靈

：地球如暴露於室溫太久的一球冰淇淋

正在開始溶解……。他聽見眾神的方舟

正陷溺在黏稠的甜浪漩渦那位擅於點數雨滴的

菩薩

如今立在甲板上數著地獄裡新增的頭顱

一顆顆如鋪滿夜空的星星

如今要一顆一顆拈息他聽見時間

那就要轉動下一輪浩劫的齒輪正唵唵唵地

轉入成轉入住轉入壞轉入

空。

2011／3／14

一片仁波切

——白骨精在雲端裡，踏著陰風，看見長老坐在地下，就不勝歡喜道：「造化！造化！幾年家人都講東土的唐和尚取大乘，他本是金蟬子化身，十世修行的原體。有人吃他一塊肉，長壽長生。真個今日到了。」（西遊記）

真個今日到了！
我們敬愛的仁波切　風塵僕僕
乘著鋼鐵鑄成的鐵鳥來了

成為人的修鍊太久太苦

還有種種貪念我不明白

：人類一切的一切心念

為何都只能稱作**貪念**—

而您，我敬愛尊貴的大仁波切

您卻叫他做：

魔。

（我不明白為何我投胎為魔　的子民——

我隱藏起來的角和蹄，毛和爪，犬齒和毒刺

還有我衣冠楚楚的種種文明行當

在在

都是魔）

恭敬頂禮，我們獻上豐厚的供養

三步一跪九步一拜

漫天的哈達如聖山飄下的雪

覆蓋了鮮花與酥油莊嚴的道場：

「我佛慈悲……。」仁波切正待開示

（信眾們一擁而上）

不管傳什麼法灌什麼頂祈什麼福我們都要——

我，我們撕下了仁波切的袍

掀了他的冠剝開他的皮切下了他的肉

我要成佛。

真個今日到了！

每人分得一小片仁波切。

某位喇嘛

他或許會是一位同性戀者
但他沒有機會知道

小時候的他站在仁波切身邊
現在已經87歲了

和仁波切一樣
慣以俯視的姿勢　慈悲眾生
只是少了許多
仁波切心中的煩惱——

所謂眾生　不分性別　地
慈悲——他很早便學會了

很早，他便忘卻了人

生而為人的理由

每誦完一部經卷

他便發現經文

如藤蔓般由胸臆

漫延向臉頰

成為一道又一道陷入冥想時

遮掩他表情的

微笑的皺紋……

2008/10/16

戒

蚊子出現我房間

那麼自然而然

一如灰塵，鏽，看過的報紙，零錢和垃圾

靜靜地吸著我的血

我血中飽滿的七情六慾

我不去揮趕或拍死他

我靜靜地等待蚊子

和我的慾望　一起死去……

2008

知識之甕

將人類所有的知識封入一個甕
那僧侶修長而神奇的手指
溫柔撫過甕口縝密結實的封條

他想：
「就讓所有情緒、欲望、情意結、
和意識型態，
繼續留在人間發酵罷……」

砂

如是站立。腳踩著砂

在我赤裸裸的腳底

宛如振動飄忽的分子，被我靜靜的站立感知

那些偶然流轉聚集成砂　的分子

曾經被無數赤足感知

一如我　感知

我前世的僧侶

孤獨行走過一生

渴求愛與真理，祈求堅強與智慧

但終於沒有答案地離去

在這偶然如砂聚集的人間

我終究未能明白：

這正是我今生前來的理由……

夢果

看著你的夢

你，和忙碌的世人都睡著

週身蒸發著夢

氣體一般氤氳　流動　清澈

像一顆果核

睡在果肉裡

甜美的汁液是你人世的報償

但你不知道今生的泥土裡

你將長成一棵什麼樣的樹

但我可以看見你卵形的夢

包覆著你胚胎般蜷曲的身體

一如羊膜包覆著羊水

透明　柔軟　動盪

「**是的，你正在受著苦……。**」我可以清楚看見

你握著拳頭的表情

正試圖痛苦地翻身

頭下腳上，眾生從來的顛倒啊──

是的，人世在在俱苦

我明白你的明白

一如你夢著我

我正看著你　如看著一顆奄摩羅果[1]

每個人的夢結在人類這棵大樹上

愈大　愈垂　愈低

：「夢快熟了，也就該醒了……」

我們就將要

同時　聽見

果熟蒂落時的

那一聲輕響：

你我本來的名字。

1：佛經中曾提到，號稱天眼第一的佛弟子阿那
　律，能夠觀看整個閻浮提世界（或也可說是
　地球，或是人類居住之國度），就如觀看掌
　中一顆奄摩羅果。而奄摩羅果究竟是什麼樣
　的一種水果？經典中的記載頗為混亂，至今
　仍無定論，但有證據顯示奄摩羅果極有可能
　即是今日所謂的「芒果」。而佛以佛眼觀一
　切法，就可以有如觀看手中的一顆芒果般，
　「內外透明，如玻璃然」。

無明之淚

活著　忽而有淚

像與夢有約　但夢終究缺席

我可以遺忘那夢　但失落仍在

我懷抱這失落　於人間求其次

再其次其次其次　其次——活著

就忽而有淚　但忘了淚的理由

像隱隱明白生　生的侷限與徒然

又毫不明白生　身在此生的茫然與盲點

只是忽而有淚　人間之淚

落在夢的夜空　比黑暗更虛無

比星光更

迫切

萬物
情史

1。動物

和一隻狗情話綿綿了半個下午
感受到狗的靈魂
在交談中發芽　飄昇　變形

演化成人。
一位完美的情人
擁有一張友善的狗的臉
深情注視，無辜發問：「

這是馴養……，還是愛？」
他不斷頷首舔舐著你

你
和他
都以為這正是人類無從抗拒的

吻。

2。植物

我竟這麼晚才學會和植物說話

錯過了年少的那惟一一場花季

那時

我正傾全力於青春

和愛，讓肉體如東風一夜綻放千里

（我說：你是誰？讓我如此清明照

見自我）

之後年年相同的綻放裡

我逐漸察覺了我的自語症：

草木草木草木

逢時必然欣榮

其實

最無情。

3。礦物

而你忘了你曾轉譯過礦物的語言——

鐫刻宇宙起源及毀滅的密碼

地球尚在襁褓時的心

人類尚未擁有肉身前的記憶——你

你看著水晶　一如孩子望著母親

或母親　凝視著孩子

那般自然又神奇的穿透——

就在整齊的晶格與分子排列之間

數學的語句不斷湧出：

偶然與必然　隨機或無機

並陳　同步　矛盾

而又

不相矛盾著……

而你說你將也如礦物一般愛著我。

古老。堅硬。冷靜。

深埋而且無法自抑地

熠熠生輝。

乞兒

佛說： 你就要將此生虛度了……

佛一再

這樣告誡。

此生不過白駒過隙，肉身正如風中之燭

何不即時砥礪奮起？

「那麼，就告訴我該怎麼做……。

我願以我擁有的一切換得……」──但，

佛要我的淚　　才發現我的淚已流乾，

佛要我的心　　才知道我的心已破碎，

一個陳舊磨損而無用的靈魂

無謂地流浪……

於是佛要去了我的耳眼鼻舌

徒留此身此識

讓我和你相遇

可是我看不見也聽不到

你正是那註定要與我相遇的那人

你緩緩的馬車，正停往那棵經常有我駐足

開滿了花的樹下……

（這花，這春日亭亭的合歡與梧桐）[1]

終於你又緩緩駛離。

我盛開的心，我倏而蒼老的記憶

代替我看見

你遠去的身影

你的今生今世，如幻夢泡影紛紛……

而你永遠不會知道

在那　猶豫的片刻

你曾對那盤桓樹下既聾且瞎又啞的乞兒

施捨過什麼……。

2004/11/13

¹：典出「於是梵志飛到佛所，住虛空中正向歸佛。
佛告梵志，謂黑氏曰：放舍放舍。梵志應諾，如
世尊教，即舍右手梧桐之樹種佛右面。複謂梵
志：放舍放舍。梵志即舍左手所執合歡之樹，種
佛左面。佛複重告放舍放舍。梵志白曰：適有兩
樹，舍佛左右，空手而立，當複何舍？佛告梵
志：佛不謂卿舍手中物，佛曰所舍，令舍其前，
亦當舍後，複舍中間，使無處所，乃度生死眾患
之難。」《佛說黑氏梵志經》

第五章　城市

樣品屋之戀

蕈生的　居住的夢

在我停留的城市裡，發著人工的光

我走進去，任那空間浸染

突然（只是突然一念）想要有一個家

在每一個不純粹的夜黑裡

忠實地發著人工的光

供我疲憊時眺望

：僅僅一念是否

我心中已預留好這樣品屋的位置……

蕈生的，如夢的樣品

甚至粧點不了這持續騷動的城市

剎時遺忘的風景

當雨過天青　屋已不再

我分明覺察，那在心中空出的位置……

詛
咒

秋熟之日行道樹依然欣欣向榮

葉子如染血的肥大手掌

碩大的瓜果輝煌如落日

我對這時代的詛咒，終於應驗——

這時城裡的貓狗皆直立　言人語

在黎明黝暗的天光裡相互寒暄：

「鬼魂已經早早撤離了這陽世……」之後

貓狗突然靜默，背誦

我臨終的句子：

「從今而後，所有花草樹木

皆不再向上長高一吋……」

2005/1/18

平凡

平凡的一日天使在空中散發平凡貼紙

平凡的早晨我下定決心新的一天要使自己
更加平凡——平凡的襯衫平凡的眼鏡平凡的見解

出自平凡的電視新聞播報員平凡的口白
平凡平凡平凡究竟要多平凡
才算夠平凡——

平凡的街道上張貼平凡的流行新主張
：平凡將成為下一季新裝主題　但

你已平凡不過的品味穿著仍不足以舉證說明
平凡對生活的迫切性

：平凡必須竭盡人類一切智慧努力達成……

一日醒來你突然收到緊急最速件通知你榮膺全球
平凡楷模
所有人類都將效法你的偉大平凡事跡並以之教育
後代子孫

「平凡已達極限……」賀詞上說：
「有史以來對人類文明空前絕後的鉅獻……」

你熱淚盈眶但仍不掩激動地語重心長
致謝：**平凡**

仍未成功，
同志仍須努力。

午夜自動書寫現象
——關於詩三首

1。與想像的讀者見面

在我盛大的新書發表會上

終於我見到了我的讀者　紛紛從不知名的暗處

走出來　亮出他們美好的肉身

看書的神情

笑，笑聲，或輕鬆地倚向椅背的坐姿

他們，他們的確讀過我的詩呵——

就像窺見過我的裸體

——如今

我衣冠楚楚在台上微笑揮手

感謝他們曾掏出鈔票

豢養我的詩集——

像很久很久以前做過愛的兩個陌生人

之間的那樣——

回想起許多細節

虛構　繁複　又自動衍生

更多細節——

此刻，卻無此真實地撼動

當我危顫顫打開新書的第一頁……

2。收縮的字

我看見我寫下的字

深陷在紙張裡　深深地陷入

並不斷向內收縮

像一滴藍色的血滲入純白的雪地

像一隻驕健的魚陷入安靜的流沙

像不斷增重的原子　像持續崩塌的星系
像「一砂一世界」這樣概念所呈現的密度——
我排列在紙張上的字　也不斷掙扎
妄念著

成為
詩…

3。午夜自動書寫現象

午夜與凌晨之間又出現自動書寫現象
但他早已習慣了
不再好奇，甚至是些微懶懶地

半倚著清醒　半傾斜向夢境——
他失散在外太空的兄弟們
不斷用神祕的符號提醒他鄉愁的位置
什麼才是他今生的追尋。應該與究竟。

（**什麼才是詩？**詩即是空，空即是詩；詩不
異空，空不異詩。）

但他逐漸懶散了

不再振筆疾書，那些成群侵入他日常的圖騰

意義晦暗的簽名

面目模糊的藍圖

與企圖……

只有天際線上若隱若現的一艘幽浮

日日夜夜徘徊不去

深情款款地凝視著他

欲言又止……

2008/1/25

2008

台北陰天手記

在一陣午後大雷雨過後飄著陣陣熱風的黃昏，
我蹲坐在巷弄中一家便利超商門口微溼的台階，
望著半是烏雲半是晴空又綴著些許骯髒晚霞的天空，
伸長手臂讓黏膩的毛孔半開半合著自然蒸乾。

空氣是微潮停滯又泛著雨後的清涼，
一個肌肉發達的短髮男孩走來買了一瓶礦泉水，
他與我目光相遇時我發現他左眼下有一顆碩大的痣，
望著他離去的背影我突然發覺我的人生已是半百。

巷裡不知何時又圍起了大片圍牆要蓋高樓豪宅，

不知為何此時有相機從車窗裡伸出朝那空地不斷拍照，

想起這城市這世界還有自己和別人的人生，

何曾有一刻朝預想的方向行走──我突然

對那一片雜草荒蕪之地的即將消失很能釋懷。

我終於嚼完手中一包既不甜也不太有巧克力味的巧克力，

才從健身房走出來的身體正努力回復過低的血糖。

這是一個瘋狂工作如癲癇發作的城市正陷入虛弱與昏迷，

我看見那不語的天空在我決定起身離開的時刻，

對我投下欲語還休的一道黏膩又骯髒的眼神。

2008/6/29

頭
七

──
──為陳義芝寫

第一日

血液已經滿出鼻腔

肺葉浸泡在初初轉為秋涼的空氣中

如一雙熱帶的蝶翼緩緩鼓動一次南極的暴風

你依然是沒有一個表情給我的

但我明白你仍然是想要活的

因為我要你活著

因為我就是你，此刻

我就是你呵呵

我完全知道車子曾經如何如秋葉降落在你

如降落傘般

膨大的裝滿力氣的

年輕肺葉上

第二日

血液已經流出了眼眶

眼球在深紅色的海洋裡沉浮

有時沉得很深有時隨天體旋轉

而且已經凝望著光年外的花季好幾晝夜了

你看來毫不疲累

就像我開車從躁烈的台北一路開到嗜眠的溫哥華

我也毫不疲累——所以我知道

在你靜靜望向遠方的有繁花似錦的瞳孔裡

其實有一種輕易擄獲遠方的速度

讓我能如靈魂一般敏捷

在你暫時借宿的陽世裡

來去自如

第三日

可是血液已經如蛇爬滿了你染過顏色的髮

且將如膠胡亂形塑著你未刮的髭

你依然無語一如你當初堅持著你挑選的髮色

胡桃黃和栗鼠褐所代表的整個新世代的騷動

喔是的，一如我的滿頭斑白

那也是屬於我那個世代的堅持罷

將少年的你送往一個

鋼鐵灰、黃昏金、信紙藍與旅雁紫的國度——

此刻，我們如何提筆將這一堆華麗燦爛的色澤

一筆一筆慢慢洗到

那暗沉下來但漸趨一致的

黃昏朝西的天空……

第四日

血滲出了皮膚

。我知道此際我已經死了。

我知道在你之前我已先你死過千百次

輪迴如塘

荷花開過

但這一次我堅持必須如此

潔淨如泥般地死去

容我掬捧起你滿身如供在佛前的寶血

容我再一次站在流往聖域的恆河大河邊上

喜極而泣——呵彷彿我突然記起一個被我荒置

在曾經某一世的一個兒子

今日我要逆著時光和血流

出發去尋找到他

第五日

而血從你雙唇之間湧出了

如此汩汩而淙淙

好像你身體裡藏著一座噴泉

一座巨大壯觀而永不枯竭的泉

滿天路過的精靈擁擠在你的床邊喝水

許許多多囈語耳語此起彼落

我完全聽不見或者聽不懂

但在這確實擁有一座身體裡的噴泉的房間裡

此刻確實擁擠莫名——

確實有溫柔但冰涼的鬼魅前來

因為一具肉身裡湧出的泉

而宣誓蘊釀一場

靈魂深處空前的海嘯……

第六日

你必須乖乖著了。

我已經擦乾淨了凝結你額頭上的血漬

準備在那裡刺上一個胎記

而你必須乖乖著了

像一個男人又像一個男孩般地

乖乖地睡著又像忍耐著

我的終必離去

離開前留下一個線索

好讓日後我們不經意發現

像一張劃座重號的車票

而你必須乖乖著好像睡了彷彿你並不知道

我的不知道

第七日

終於我們直接挖開了房間的混凝土地板

埋葬了自己。

床如昇降梯

在疲倦已極的大好睡眠中

我按下了我的號碼，你按下了你的

從此在地球上水平的命運

成為垂直。血已經流乾　眼睛已經合上

二〇〇三的台北聽說很久沒有下雨了

而雨的垂直我將想念

那無數顆垂直墜落的雨呵

其中，必定有一顆是我的眼淚

會在我再度曲折叩問生命的迷途那時

擊中你新的住址門牌

2003，2011

在藝術拍賣會場上

——「正因為我們有藝術，所以不至為真理所毀滅。」（普魯東）

穿過活動式牆板的迷宮

我來到藍色人形立牌的門口

去到一排潔白的尿器和馬桶前

和一群男人並肩而立

像和一群生死相交的弟兄伙伴

舉行出草前的儀式

我們要去打擊藝術

收復那被藝術強行占領的展覽廳　一群群

名牌西裝上別著名牌的特別部隊

用微笑與標價上的零零零無差別攻擊

我，我們這群手無寸鐵

甫解決了尿意的散兵游勇立刻

潰

不成軍

（大約不過個把小時）

地　　又回到廁所集合

發現

那整排潔白的尿器和馬桶

真是藝術

2012/4/4

早晨咖啡覺

奶泡附生於髭上的那當下
咖啡如一波深色潮水襲來
輕輕洗濯著我的唇

喚著：嗅覺醒過來
味覺也醒過來

（吵醒了睡在同一個房間裡的所有感官）

於是一切都醒了過來
一切附生於潮水的生物都醒過來了……。

2011 / 8 / 2

更年期大樓

她渾身泛出被遮掩的陳舊氣味
像一棟剛重新粉刷的中古屋
強自振作至怒氣沖沖
的地步——失去了月經
只好天天背誦著權力經

以右肩繞行通天之塔：
「權力⋯⋯我需要權力⋯⋯」
（幻象出現了）
一種人工合成的費洛蒙
如粉紅色室內空氣清香劑
充斥於腸道般迴旋的走廊樓梯間
情緒搭快速電梯上上下下

「是誰亂按？」

所有藏匿房間的鬼魂皆噤聲

她揹負盔甲般地咚咚行走

抽掉一枝又一枝罜固酮淡煙

一個確定永遠脫離生殖的女人

生存的意義如安靜的寄生蟲

附着她乾躁痿縮的子宮

魔鬼的嬰兒般長大。

2009/3/15

海豚搖籃曲

——回憶花蓮海岸

海豚躍起於你瞳之海面

瞬間閃逝

短暫如同在你身上殘留著的

年輕男孩善泅的背影——

為了守住與海豚重逢的誓言

我日夜守住大海

以雙眼巡弋

一瞬繞行千匝

（是的，那如精靈一般出沒海上的男孩

我眼見　卻無以為憑

口說，卻只能

以至藍的抽象音樂　做語言）

而始終奇異底靜默

袖手旁觀的宇宙呵

無視我經年勞苦

在夜空植滿晶瑩的想像——
想像之外

只有海豚。
因此我守住了大海　守住
守住
直到我懷疑　曾有那麼一刻
所有海豚都睡著了

在沈澱著厚厚的夢的海底
漸漸，水母的歌聲歇止了
死水漫至耳際，我的呻吟
化身一株株虛弱　背陽的海草：

「那曾經成群追逐過我
又被我苦苦追逐過的……」
我至愛的深藍啊——曾偷偷

偷偷尾隨　接近我
試圖教我

以真正大塊豐饒的　大自由的
大遊戲與大歌唱的
那一隻年輕驕健的海豚
頻頻高舉起他智慧而頑皮的長吻
向我致意……

我終於問海：**都哪裡去了？**今夜
那鄉愁被海豚歌聲所治癒的水手
那寂寞被海豚歌聲所挑動的星球
記憶的沉船
躺在幽深的死海海底
泛著魚骨的磷光……

「你來……如果你真的前來
你該明白其實
你曾經也是一隻海豚……」
我清楚聽見
但我猶豫

望著時光一去不返的方向
我只有不停旋轉

像所有被地球眺望過的星球

無法停下祂們

各自寂寞的公轉與自轉

那是海豚不曾再出現的海面

我燈塔般昇起的凝視

如深埋在夜霧裡的星星

八方霧角如歌泣訴：

「你聽，海豚都睡著了……」

此際，你偎在我身邊

一如我偎住整座海洋

且確信在流星因負荷不住過多願望

而墮入另一個黎明之前

我會聽見

只有兒童才能聽見的

海豚搖籃曲……

2008/3/6

一帶卡逃入離遊樂園

從皮夾裡滿溢出來的信用卡現金卡貴賓卡會員卡
我被卡帶到這裡
遊樂園兼購物中心兼會議廳兼五星旅館兼渡假村
的龐然複合獸——我被卡帶到這裡

從獸的嘴
我將進入

一種無所不在的食物鏈
無可選擇的資本一國
自由意志提供從此兩種人生道路：

食物鏈的上

　　　　或下

層：

「先生，您的卡，收據和行李……」

雖然，他其實說的

是我的青春我的肉身和

我的靈魂

2005/11/11

結論

早晨醒來發現地球早已**充滿結論**

結論的餐桌對準結論的窗口

結論的飢餓嗅出結論的厨房

結論的眼盯著結論的

日出日落

但人們都裝扮出一副理解的表情

對所有未能做出結論的一切

深表同情：

殘念啦

他們回到居住的沙堡

海市裡起高高的蜃樓

鴿子般降落空中樓閣

發現我竟住在噴泉裡

他們開始對噴泉做出結論。

2010/12/14

微光

——尼斯湖水怪頌

當他們忙於將潛水艇駛入湖中
偵伺你於濁泥黑藻間的棲息
我獨欣賞你名字裡的「怪」字
凝視相片裡那波光粼粼中長長拔起的頸頂
曲綫昂然傲視人類
然後下沉，然後徹底消失
只留下啞然的片刻
——然而我知道你
知道你的名字裡有個怪字
你不過是苟活　賴活　倖活過侏儸紀
的一隻爬虫
然而你仿然全部明白
今生你存在地球的**至高**了義——人間庸俗化的
一則提醒：
世界之外另存世界
洞天之上別有洞天　的明證；甚至
是生命可以獨活的正面教材

理性可以斥你為無稽但其實是無法忍受

人類欽羨你遺世獨立

不屑踩過生命地圖裡被過度踐踏的路徑

那一路想像折斷，驚奇絕跡

感性乾燥的風景

路上的人類靈魂萎頓而猥瑣

黑白照片裡你形影渙散

如同所有被鑿鑿指認的顯靈聖像

證據薄弱

但震憾人心且不容置疑

你，是人類被科學洗腦後的

神

我在電腦裡叫出你

半世紀前驚鴻一瞥的身影

你便也永生於網路

悠游於每一台電腦終端機之間

像標誌著地球靈性進化的里程碑——

你是光

你是夢

你是現代人靈魂壅塞處的一絲罅隙；

科學家從潛望鏡裡透過微弱天光

凝視鬼影幢幢的湖底

那沉澱著過多時間皮屑的死水

我知道你睜睜圓亮的眸子在

所有人類製造的鏡頭裡皆無法顯影

你在所有視而不見的瞳孔前怡怡然

沉降，消失

身後迤邐一條長長背脊與水紋

伸向我最深的夢

微光夢中我伸手向你：

謝謝你，尼斯湖水怪

你讓我還在心裡保留了一塊

原始處女地人類未曾染指

眾神與萬物，星球與精靈

都還在那裡生養棲息……

2011 / 8 / 7

零涼糖 三部曲

——並為挪威大屠殺而寫

1。人人愛吃零涼糖

挪威大屠殺發生那日

一封署名零涼糖的伊媚兒出現我眼前

要求我連署關於不能以奇怪的姿勢作愛

或　必須要被批准方能以

奇怪的姿勢　或不想生小孩也

能做愛的法案——

那個名叫安德斯‧貝林‧布雷維克的挪威人

一位虔誠的基督教徒農夫

酷愛軍裝及美容手術

我彷彿看見他舉槍

對著所有不夠男性的男孩

以及不愛穿裙子的女孩——以真愛之名

聯盟著十字軍的鬼魂

射殺那些倡言性別平等教育者

一如以主之名燒死女巫魔鬼和異端

（多奇怪才叫做奇怪？）

零涼糖說他才有資格告訴你什麼

才是正確無誤純潔向上的做愛姿勢

如何做愛方能聖靈充滿與主合一

（而且你不想合一都不行）

「屠殺也可以是一種真愛的顯靈？」

是的，真愛藉由伊媚兒串連起道德重整十字軍聯盟

掃射那些比異端或異教徒更該死的同性戀者罷

你的獎賞將是一本上帝不曾簽名的聖經

還有真愛口味聯盟包裝的零涼糖

讓你此生只為生殖而做愛

安德斯‧貝林‧布雷維克，我的好兄弟零涼糖的真伙伴

替我多殺死幾個不男不女的那些死gay罷

阿門。

2011/7/30

2。真愛，聯盟，無差別攻擊

走出埃及，同時走出自已

經上說：「莫要論斷……」

但忍不住要持槍荷彈

炸死幾個自己人

幾個不想參加十字軍東征的自己人

比異教更加該死的

是異端

是同性戀者

是倡言性別平等者

是侈言性別平等教育者

（你看都是經上都有寫的喔你看你看喔）

以真愛之名
何妨以真愛之名
聯合所有走出埃及者
無差別掃射幾名娘炮或穆斯林
或手無寸鐵的移民

那是上帝被遮掩的經文裡
那些愛啊犧牲啊奉獻啊與神合一啊聖靈充滿啊

所遮掩不了的
屠殺的事實…。

2011／7／25

3。請，請不要用零涼糖打人

——「你們中間誰是沒有罪的，誰就可以先拿
石頭打她。」《聖經·約翰福音》

可是迫不及待他們已經迫不及待

拿起零涼糖開始打人

零涼糖據說是那個叫布雷維克的挪威人

最愛吃的糖

也是東征的十字軍的最愛

拿來砸死穆斯林的利器

他們迫不及待地想

：我們沒有罪我們已被神

赦免我們可以自行論斷東

裁判西我們

手中的天火必要燒死幾個

罪人（我們多麼神！）

由我們來裁定誰是

所多瑪與蛾摩多的子民

那些倡言性別平等教育者

那些妄想同性婚姻的死gay那些本來

就不應該生存在地球上的撒旦的兒子

——零涼糖已經握在他們手上了，高唱

：殺戮有時，指責有時

論斷有時，不露臉有時

不俱名有時，丟石頭有時

阻擋法案有時，尋求連署有時

——人人都愛吃的零涼糖竟然

拿來砸死人也那么好用

（聖經裡為什麼沒有寫上如此顛撲不破的

真理？）為這

多死幾個死gay何妨？

零涼糖萬歲，萬歲，萬萬歲

2011/8/5

白

——寫在邁可。傑克森逝世一週年

(一) 啊，美國

那，那裡就是迪士尼應許的國了嗎？

樹脂米老鼠唐老鴨和豬小弟都化為巨人

從睡美人城堡上向我微笑招手——

而我來，

究竟是為了征服　還是臣服？

我要不要也成為另外一隻

無法停止微笑招手的

米老鼠唐老鴨或豬小弟？

(二) 我只要像白雪公主一樣的白

午夜裡我暗自脫下我的皮膚

脫下我的名牌，假髮，隱形眼鏡，睫毛

假牙，助聽器，鼻貼，耳塞

保險套，貞操帶，羊眼圈，乳頭環及人工關節——

將他們各自泡在各自的漂白溶液裡

一起白雪公主般

用力地洗澡

(三) 兒童是純真而美好

只有兒童。因此

我拒絕長大。

因此我號召全世界的兒童一起

拒絕長大

(四) Anima

但我其實並不痛恨我的性別。

我只想和我體內的

阿波羅及戴奧尼索斯玩3P

維納斯是我

但我同時又是千千萬萬雌或雄的

神

路過我身體時的顯現

(五) 永遠的醜小鴨

而此際，美是空前凌厲的

利刃。切割人類的眼球

成黑與白，暗與明——當然還有

美　　與　　醜

永遠失落的完整性——我

和我的無數個美與醜的同義辭

失散在南加州太平洋的海面上

如颶風掃過

每個人零零落落的五官

(六) Moon Walker

但我的確為地球上的人類帶來

全新的舞步——如全然陌生於地心引力的嬰兒

才剛要習慣人世

這沉悶乏味

受制於地球太久的人類——

但我忍不住回憶起飛翔

常常試圖在懸崖邊飛起來

卻忘了

人類早已剝去了我的翅膀……。

2009/8/8初稿

2010/7/3定稿

城市
黃昏

瀕於凋謝的玫瑰紅，蘋果青，芒果黃
瓷器摔裂出的靛藍
齊聚酣戰後的調色盤

之後　所有顏色皆被收攝入
帷幕大樓的立面

光被一片一片收留
一如　我的心

挽留著消逝中的白晝

但其實我是夜
我臣服於夜

只是照例每到黃昏
挽留　一切的

無可挽留

2009／11／4

預知黃昏紀事

因為預知

下一輪地球的太平盛世

會在我等之輩　皆已死去

的很久　很久

很久以後——

我等之輩　於是　只有傾畢生之力

於愛情之揮霍　語言之複製　頹廢之經營

為屍體上妝為泡沫命名為了詩肝腦塗地

等等

一切猥瑣無益之事

直到意識「末世之感正如蝗翅投下的巨影傾覆⋯⋯」
之無可躲避
在揮之不去的鬼魅橫行的黃昏時刻
你幡然醒悟：何不誓言

犯遍人間一切誡律
如此這般堅決永墮輪迴——

直到，宇宙的永夜由眼睫滴落
如一顆

黎明就快要來臨的幻覺⋯⋯

2008/2/11

遠行

海市蜃樓裡

沙漠灼燒著我跋涉的足

水流潛行在我的影子裡

——我不知道

卻又知道

我將要遠行

你在哪裡？

我已經明白這一切！

市是台北市的市，樓是我居住工作的樓

還有比這更真實的幻覺嗎？

但我即將要遠行：

走到對街冷氣森寒的Seven-Eleven

取回兩顆將埋入電視搖控器裡

工作至死的

電池。

2009/4/8

一個以三合一咖啡開始的一天

按時站在複印機前，他正複印著今晨9：01的陽光

「……或者，複印生命任何一個可能的日子……」

然後再複印

再再複印

直到一切模糊至

泛出罐裝三合一咖啡的滋味

為止

哲學家螞蟻

在用掉一整瓶殺虫劑之後，那群甫遷入客廳音響喇叭箱的螞蟻們，總算是近絕跡了。

之後的數日，可以偶然遇見幾隻工蟻零星出現，在遠離以往蟻群行走路綫的地方，踽踽獨行。

蟻行的速度放慢了，每一步跨出不再那麼確定了，似乎少了和別的螞蟻的交頭接耳，交換氣味，路便不知往哪兒走了。

哪裡有食物，哪裡有敵人，巢穴在何方，該去還是該回。

如今這一切歸零。

似乎生活的重擔一旦卸下，連螞蟻也浮出茫然頹喪的表情。

他真的走得慢了，每一步於他似乎都是全新的體驗，在同類
完全消失的世界裡，在少了同伴留下訊息的道路上，他初嚐
孤獨的滋味。

他不知道他還能活多久。

「我為什麼還活著？」

我彷彿聽見那隻螞蟻在問。

那是一隻哲學家螞蟻呢——在他走著走著終於消失在客廳窗
枱上某個角落時，我終於確定。

2011/11/22

傳
單

隨下班的人群擠向捷運站，必經的街口站滿了散
發廣告傳單的人。

排在我前面的人群，不一會兒都人手一張，或者
同時好幾張。

我寒著一張臉，希望沒有人硬塞給我這些無用的
宣傳品。

遠處的垃圾箱早已溢滿並開始嘔吐。

我突然趴向地上也劇烈嘔吐起來，一張張傳單從
我痙攣的胃衝上食道，湧出咽喉並長出蜘蛛般的
長足，迅速散入人群。

我捉出其中一張，上頭寫著：救救我，收留我
罷，我也不過是想要早一點下班。

2011/1/8

家

你打開飛機機艙的門，直接走入了你的臥室。

那山，那海，那丘陵，那平原，那森林，像被鑲裱在框裡。如今你直接走入他們。

平的，就可以是你的床，你的椅，你的桌，你的筆記本。崎嶇的，是你的路。

冷氣機裡送出雪山上吹來的涼爽的風，野地的泉注滿你的白瓷浴缸。

當你走累了，睡倒在曠野的沙地上，水壺裡的茶化作你膀胱裡的尿，但你感覺你就是一條河了，所有的體液正混合著、流動著尋找海洋。

你勞動又勞動所長出的肌肉和骨骼，像一株荊棘的根般扎向泥土深處，成為泥土的一部份。

你時而急促時而舒緩的呼吸推動著大氣的循環，雲朵的移行，候鳥的遷移。

你輻射遼遠的體溫在太陽落下後，繼續溫暖著夜露沁涼
的大地。

手機關機後你把耳朵貼在大地平坦的胸膛上，聽見遠方
的大腦不斷發送召喚你的訊息。但你知道那其實是你的
自言自語。

遠方地表隆起一道山脈，就像你手臂上的一道疤。

滿天星芒像密密麻麻地刺破了夜幕撐起的帳棚。

你知道此刻天色已晚身子也累乏了，但真正躺平前你又
翻過身，想和大地再做愛一回。

瘋瘋狂狂地做一次愛。

遠方的城市裡的人，在夢中大叫有地震，一邊睡去。

2012/4/10

天堂

　　我於是走入人群之中，讓他們帶領我。在他們的家園和郊野，山林和海濱，他們勞動著，為了生存也為了遊戲。

　　我於是加入了他們。

　　當我再抬起頭來看看天空，天色已晚，很長很長的時間已經過去，我發覺我並不急著回家。

　　我想再玩。像玩得不想回家吃晚飯的野孩子。我驚訝我終於又能夠那麼忘我、投入、認真。　認真地玩。

　　家在漂移，在瓦解，在暮色中漸漸掩入看不見的夜黑。

　　我開始發現我原來多麼喜愛擁抱，擅於擁抱。在一群同樣喜愛擁抱與被擁抱的人群當中。

　　於是我留了下來，過了一天，又一夜，又一月，一年，或好幾年。時間的感官在我體內急速退化。我或許繼續留下，或許也就隨即動身了，生命裡第一次沒有計劃盤算，第一次，靜下來，傾聽內心的召喚。

　　我也許還要和許多人相遇，於是我和身邊的朋友擁抱吻別，大家既悲傷又高興。也許我就在某個地方、某些人群之中居留下來，永遠不再離去。

　　我白晝醒來，所思所想的只有遊戲。今天玩什麼，怎麼玩，怎麼玩最好玩。

　　我累了便睡下了。

　　時間會在沒有任何計時器的狀態下，很快消失。

　　我也許就死在旅途之中，或許終老一處，也許在人群之中，也許獨自一人。

　　但願我直到意識完全消失之前，都還不知道自己原來身在天堂之中。

詩人
甲

他從全人類的詞彙中盜走的：

門，充氣娃娃，令人驚訝的是，倒抽一口涼氣，深白，軟硬適中，處理器，脛骨，負無限大，轉瞬之間，perception，無聊，離綫中，下班時間，種族主義，晶，一如絕望

一如普羅米修斯從天上盜走了火。

一件自動變舊的衣服

一件不曾穿過

自動變舊的衣服

出現在衣櫥裡

如多年不見的自己

飄著舊日形廓的氣味

興奮又絕望

對現下的我

充滿質疑：

「我」是什麼材質？

如此不耐時光的催化——

甚至不必經過洗熨脫水

就直接送入舊衣回收箱

「應是廉價品必然的宿命罷⋯⋯。」

人類在試衣鏡前

看著自己說。

七十一頻道

每晚他們都會聚集到我的客廳裡來
卅二個被陽萎困擾的男人
和不被他們滿足的女人們

他們促膝而坐，侃侃而談
表情誠懇嚴肅
像參加一場親密的讀書會
言談間不時加入親身的體會
仿佛在為某一位神衹作見證

：「很有效，保證有效，而且**立即**有

效……」

女人破涕為笑的時刻

男人舉臂露出他們膨大的雙頭肌

像立在頒獎台上的運動員

驕傲的牙齒森然羅列

然後，一起轉頭望向我：

為何還不立刻撥打接通天堂的廿四小

時免費服務專線？

我心中住著一名惡房客

不是太常遇見，倒比較常遇見

他留在門口的垃圾。

電梯裡禮貌週到

　　　笑容可掬

但身上總飄着一股不愛洗澡的味道——

柔軟眼光裡盡是虛情假意

可以猜想他關起房門後會做的事：

裸體溜鳥，偷接水電，使壞弄髒

半夜裡噪音擾人

破壞電器或瘧待寵物或變裝偷窺

房租逾期不繳等

或更變態嘔心……，其實。

我想：所有人性缺點之**集大成**——

自私，喜怒無常，蠢又愛計較

從不認錯

貪得無饜又膽小怯懦……

我按下門鈴

他開門親吻了我

側身讓我進去——

房間裡一切安好

他神情清爽，神采翼翼

沒有藏匿屍體

或轟趴濫交過的任何迹象

「房間裡有人嗎？」我問。

四下無人

我只看見鏡中的自己。

那就對了

原來，就這樣愛了

沒有上粧　彩排　就正式上場

但劇本其實是自己寫就

但又完全遺忘

但又完全流利演出

一齣意外完美的戲：

你只須演**自己**

而又渾然否定是

自己。

你的族人
——
寫給席慕蓉

夢如鷹隼，從妳舉高的小臂起飛

妳便召來一匹駿美座騎

縱身草原獵取妳目光所及的一切——

那時候，風依著草浪

微微掀動了先祖們　土地一般廣袤的記憶

（先祖們必然都還記得妳

還有妳不記得的　所有的族人……）

當長夜墨黑如煙

抖擻的營火跳躍在橫越臉頰

同時也橫越歐亞的疤痕上——

戰士們的靈　曾將睡中的妳高高舉起

讓星斗低懸至妳的眉睫

聽妳祈禱：

請為我召回我失散的族人……

在駝鈴低吟至無聲的手機畫面

在星光照耀如白晝的虛擬山巔

在風沙沈重如鉛粒的都市漠地

在淚水痛下如冰雹的水泥家園

——妳看不見的族人們早已集結好迎接妳的隊伍

妳聽不見的族人們早已傳遞著辨別妳的暗號——

妳只須來到

妳真的，真的

只須要，在妳思想的曠野

騎著一匹馬兒夢一般地來到……

2004 / 3 / 9

渡口

——五十歲寫給席慕蓉並賀新書「以詩之名」出版

突然知道什麼叫做命運──知道了

那當初從我身上拿走的

並沒有人　任何人

可以

完好如初地奉還

當我獨自走在你已離去的夜

記不起那時對自己說了些什麼，其實

說的是世上沒有所謂

完美的離別

只知自己真的是一個人了

獨活　賴活

在青春荒蕪　回憶稀疏

而弦歌俱寂的舞台──

我們不曾被祝福的相遇

終於封入了遺忘的深井

而那道生命的缺口

多年後我仍可以看見淚水

從中滔滔流逝

該是從此對命運俯首

還是將頭垂至泥土裡求？

歲月裡雲低風疾

欲雨的預感中匆匆忙忙

我將孤獨給我的僅有一朵微笑

留在了與你短暫握別的渡口……

2011/8/2

一棵不開花的樹

——寫在2009年「太平洋詩歌節」之後並致席慕蓉生日

如何讓你錯過　一再錯過

永遠錯過我——為這　我在佛前

求了五百年。於是

佛將我化做一棵行道樹

立在地球某一條路旁，每到黃昏

情侶們總要經過

去到佛陀曾經洗足　小憩　冥思

仰望明星而徹悟的地方——

那裡如今覆滿

眾僧說法時空中墜落的花

和從此雲遊而去的頑石們的

安靜肉身

「一生**合該綻放**的那一次⋯⋯」：群樹的低語
散入情侶們的夢中
在風鈴微動
髮絲糾纏　双唇輕顫　眼皮滾動　的那一場午寐
斷續被聽見

當你醒來而眼角泛着淚光
依稀記起了前世的顛沛
一場無可違逆堅決的離別

及別離時匆匆揣入懷中
終究遺落路途的

我的一聲
如花的召喚。

終其一身

我的心

四處尋找著比喻：

「了解我……最起碼，**試著**，」

譬如地下掘出的龜甲

你可以如卜者

讀著我的心的裂縫

或著吃了他

如藥癒著你的病。

晝與夜等長的那一天

—— 絕望之為虛妄，正與希望相同 （魯迅）

有晝與夜等長的那麼一天

我呼　與吸　等量的空氣

對與錯的事我都平等對待

真與假被我一刀

兩半地平穩放置　天平的兩端

鏡子裡我發現我的左右半邊臉

完全對稱

天與地等重

愛與恨同溫

悲與喜　笑與哭

動用相同的表情肌

前腳前進　　後腳後退

現實與夢境互為表裡

生命像在穿　與脫

一雙大小一如手掌的手套——

當妄念如潮漲到極致

你的覺悟也該如雛

啄破無明之殼——此刻

是誕生了什麼

還是失去？

我聽見躁音充滿我的胸臆

那躁音便是我的平靜。

我的巴別塔

我終於回到了語言。我離棄過
質疑過
輕蔑過
但其實是深深愛著的
語言。

我原以為性是最深沉的美好
最牢固的癮
生命最激烈而華麗的演出
──但我如今回到語言

我的詩　我居住的巴別塔
由一方方詩的磚塊築起　向著天界
有著螺旋向上的小梯
和身體勞動後的線條

是的，我曾試圖說出的萬國語言
終於只有國與國的邊界我無法跨越
人與人　我看見階級　種族　業力

皆化為語言　我最私密親愛至極的語言

負載著以愛之名而行的恨

以智慧之名所散佈的恐懼和偏見

以寬容行使的殺戮

：「暴力，語言先天上就是一種暴力……」

我聽見我內心的靜默在說。是的

靜默的低陷的大海洋

正等待著我去決乾

我耗盡一生終將徒勞的事業是

去證明　地球所有的島嶼原是相連的

而我必然荒蕪的半途而廢的巴別塔

一如乘載著我的語言之舟

我正要使用它來說服自己

一切只不過是一場載沉載浮的

如詩之夢……

回家的詩

想必曾有那麼一刻我們就在人群裡走散了

否則不會每當

有人從背後拍我，喊我兄弟

便有回頭寫詩的衝動

向著遙遠的虛無晚天

寫下的每一個字

都化身夜裡尋人的咒語

召喚著詩國裡的失憶者

成群遊蕩的鬼魂們

轉身，互道：讓我附在你身上？

好將我們孤獨的血液釀成酒

成就一場千年不散的宴席——

而在猛然記起每一首詩

原來都在找回家的路[1]的時候——

那時我們將筆直地穿過中國　的夢

來到最初道別的渡津

為了無法採到一朵可以相贈的彼岸的花

便將滿地抱頭痛哭的頭顱

琢磨為一句簡單的問候

：久違了，我的兄弟。

2011/1/8

[1]：引劉麗安女士的賀詞：「全部的語言都在渴望
　　歸家。」（魯米語）

人

2010年探嘉義舊監而寫

1。地

我們被囚在地球

被罰以兩足行走

於無盡塵土和礫石間

以磨破腳腫挫斷足踝

流出膿血換來

痂和疤。然後

我們被囚在痂和疤之中

2。水

我們被囚在對乾渴的恐懼裡

一面不斷揮霍著體液

一面不斷被鼓勵喝水——

像在沙漠裡建築狂歡的海市蜃樓

徒勞的循環

終點是　屎尿失禁

抑　　　涕泗縱橫？

3。火

我們被囚在燃燒的幻覺裡

小心翼翼

在火宅裡努力保持體溫

辛勤採集食物　衣履　名聲　財富

像護著一朵微弱的火苗

頻頻添加過多柴火

星星　如隱晦的疫癘

終於燎原……

4。風

我們被囚在不自覺的呼吸裡

像一架架慾望鼓動的手風琴

享用着這永不虞匱乏的空氣，因太

充裕

而賤價的空氣啊——

只有在人們打坐時被強調

指出　一切

覺醒發生時

呼是死亡

吸是看見

死亡。

5。空

我們被囚在地球

如此真實不容想像的存有裡

人類千年的理解幾乎已看穿他

但更迷惑於看穿地球的眼球

在一次次練習過生老病死

之後

想反轉　想看見自己

——想親眼

看見

空。

2010/10/15

第六章　科幻

必定遠方正有

一陣 馬蹄踏過……

必定遠方有一陣馬蹄踏過春野

我聽見應和我心跳的低低音頻

此刻，電視傳來受驚嚇的新聞播報員

狂呼著芮氏地震儀上的指數，彷彿一种被虐的

興奮正在傳染……

但我確實聽見這顆行星撞擊的聲音

雖然發自既遠且深的海底

但時間剎時變得如此清晰

我的地球呵他正開口向我說話

短短的幾秒，震動

一如在佛法初轉的鹿野苑

那些苦行而不得其門的僧人

第一次聽到一聲聖人出世

大地震動的

唵……

2005/3

想匯

——寫給每一個發給我或收到我Email的陌生人

想到每個人就這樣出生又就這樣離開了

像一封email被刪除

在短暫閱讀之後　或

直接被當成垃圾——

地球質量並不因此變輕

宇宙的熵也並不因此增加

只有你的時間變少了

電腦容量變大了——可容納

更多更多email進來

一如更多更多的情緒情緒情緒

在你離開地球後

化身為一封封email

幽靈般流竄於網路

集結　又潰散　化為地下游擊隊

在每個夢中的遙遠城市零星巷戰

而你的每一次　指尖輕觸鍵盤

便是又一次

遙遠的槍聲

2008/2/7

痕

午夜誤闖進一座荒廢已久的網站

留言透露出過時　滄桑的氣息

相簿標題下的照片已紛紛遺除

連結不連結

主人的訊息簡短

殘缺　充滿謬誤……

但我依然留下一些句子：

我可以認識你嗎？

你可能不認得我了──

我就住在你未來的銀河另一岸

距離美好的南瞻部洲不遠的行星上

我們曾在上個阿僧祇劫裡相戀過好幾世

但在之後的輪回裡遺落

祕密留下的辨識胎記

和累世儲存記憶的部落格……

如今你可以上我不收費的新聞台

找到你童年的指紋

還有你明天逾期未還的書單

在畫面右首如恆河沙數個選項當中

有一項是有關你的今生藍圖

拉下來點開

你將有如一本尚未被翻閱過的生命之書

展開　　同時

光潔無比的書頁上

將出現第一道清晰如死亡的

當初我留下的褶痕……

2008/2/11

末日記

1。最後的聖嬰年

洪水過後又大旱

今天早晨異常的寧靜。颱風眼式底

寧靜──鏡子裡

你的皮膚靜靜腫起一塊。你彷彿憂慮地說

：好像病了……。

嘴裡含一塊冰。倒立。

想嚐試喝尿。或冥想──

冥想去到了一處罕無人跡的瀑布

躍入

水清有魚

一隻，兩隻，三隻……。不能重複

一群一模一樣的魚　你要全部數完

「然後你便會忘了你正病著……。」魚說

然後，你便要痊癒

回到陸地　蛻鱗

脫一整層皮包括腫起的那一塊——

於是你口吐著泡泡

收縮著小腹

睜著兩隻火眼在想像的空氣中泅泳

游向宇宙邪惡的中心：

太陽，太陽集團的紫外線火砲

正摧毀著血管裡的病毒部隊和精子彈頭

腫瘤細胞分散潛入地下

良性白血球農場和惡性白血球部落

之間的殲滅殊死戰急速堆積了大量

大量屍體流出大量螢光

有毒螢光因此流入了你意識下意識潛意識無意識

全部意識的體腔……

——於是你體表腫起了一小塊。

像一座新誕生的火山

飽蓄著瀝青般的膿：

「從此不可以游泳，刷卡，洗澡時偷小便。」

你點點頭，像許下一個千禧年心願

願從此只活在海浪打得到的地方

可以看見天空臭氧層輝煌如夕陽的破洞

地球的鼻息正漸漸從中漏失

而盛夏的海你冥想

孵滿卵和精液和沉船

廢水和核廢料的大海——

在今天早晨　海面也腫起了

一塊颱風

——你凝視那團急速自轉的能量

比進化更堅決，比死亡更急躁

比你站立的姿勢更元氣飽滿

比你的冥想療法更無堅不摧

（：而人類必須

　　在颱風來臨前的紫色微風中

　　完成所有有關生命困境的思索……）

「發炎了⋯⋯。」醫生冷漠地說。不過是
皮膚出現了一塊聖嬰形狀的

聖嬰現象

在太陽腹中愈來愈壯大的聖嬰
地球愈來愈嚴酷的夏
上帝自雲端落下的一滴眼淚在半途被蒸乾
空氣如水被煮沸
一模一樣的一隻
兩隻　三隻　無數隻倉皇的魚流竄

（地球浮現第一塊屍斑）

然後，你的皮膚開始發炎潰爛。

2009/11/23

2。最後的汽車旅館

那裡一直都是他的家，溫暖而隱蔽

適度的陌生感

櫃枱裡的男主人木木然

遞出鑰匙

像一位看破紅塵的住持：

歡迎來此修行一夜

但必須先刷卡付費。

抽屜裡靜靜躺著未拆封的保險套

像保平安的符

那未來得及關掉的色情頻道

依舊螢光閃耀

——當全人類皆已離去

惟有床單上

一隻隻沾染著精液的遙控器

像情人留下的

可以繼續連絡的手機……。

3。最後的商店街

他走過一條跳樓　流血　清倉　封館　倒閉

租約到期

結束營業

因而瘋狂打折的街

街上覆滿了商人的屍體和舞踊升仙的

鈔票

心臟被挖走的電視

螢幕在停電後依舊熌熌地幻視

架上瓶裝盒裝罐裝鋁箔裝的恐懼皆被一掃而空

他走進超商找到最後一瓶過期的礦泉水

知道明天早晨一道土石流將溢出他的馬桶

並淹沒他已是最低折扣的人生。

2009/11/4

4。最後的咖啡館

像一只毛蟲蛻下遺棄的殼

這一班地鐵停下後

便再動也不動——我走出來

一如往常

尋找著咖啡館

大雪深覆的小站

我走向惟一的燈火

似有若無的咖啡香如不能察覺

但不斷對大腦下達指令的嗎啡煙——

我終於坐下來　拿起一份報

有一剎那我錯覺

我身旁坐著度度鳥

長毛象，劍齒虎，暴龍

和發綠螢光的外星人……

亮敞而冷。

網路能量微弱。

我發現我正讀著一份多年前的報紙——

我凝望主人褶痕分明的潔白襯衫

專注於傾倒那一杯滾燙黑色咖啡

姿態那樣優雅祥和

喜悅：

火就要熄了。他說著

切下他的小指

拋進火爐

接著是他的頭髮眼球內臟四肢他焦灼的舌頭⋯⋯

報紙瞬時在我眼前瓦解成片片已發黃的碎紙片

我啜飲手中的咖啡

望向漆黑無人的窗外

發現在全世界陷入黑暗前

招牌上一閃一爍著一個字：

熵。

2008/5/24

恐龍福音

我們一一掘出你的骨骼搭起聖殿

仰望拱型的肋如教堂莊嚴的頂

已經掏空的胸臆裡如今我們站立

在那頑強邦浦的心臟的位置——百萬年以後

仍使靈長類的我戰慄

想像生命曾經雄渾高亢的極致

聆聽那利齒森然的顎

發出撕裂神經與肌腱的嘶吼

在博物館凝結的時間裡來回穿梭

彷彿自地心傳來的　永恆之歌　的

遙　遠　回　聲——

是的，如今所謂的身體聖殿

已被人類改造為迪士尼樂園，在博物館裡

——迅速，殘忍，巨大，性欲旺盛

這時代的表徵恐龍你原都一一俱備

兒童們圍繞著你膜拜

目光不自主地敬畏

疑惑：

人類將會是如何滅絕的？

2011/3/12

2011/4/21

最後一名
人類
謀殺案

手機從屍體的褲襠深處跌落血泊之中

電池已氣絕多時但仍繼續收

發　　訊息：愛是在　被愛是

察覺到在。

不在的人嘴邊

一隻無綫黑色麥克風如沉重的鼓捶

敲擊在被死寂蹦緊的死寂上

整個地球如一座無人

但繼續運轉的遊樂園

活屍們埋伏雲霄飛車的陰影裡

促不及防爭食最後一碗盪熱的腦漿和大腸

但人類的記憶高速行駛

穿越過無數座乾涸的加油站與停電的Motel

來到屍體所在的房間

電視畫面殘留著恐懼激濺的瞳孔

但一切安穩一如往昔

一如一隻沾著精液靜靜睡著的遙控器……

在飛碟飛離地球後的

空虛裡……。

在最後一艘飛碟飛離地球後的空虛裡

麥田裡出現了一朵又一朵美妙的麥田圈

以迅雷般的速度

沿飛行器掃過的軌迹　不斷生出復生出

像外星人留給地球人

的深情文字——

靈感般豐沛　情書般瑰麗

神諭般難解

我在夢境般廣袤而浩漠的麥田裡

奮力閱讀著那有字天書般的圓圈與弧綫

彷彿要用盡全身力氣

去證實人類　並不是孤單地

活在這廣袤而浩漠的宇宙——

「其碼，我是**不孤單**的……。」我的夢囈說。

通靈人在終於通到了火星人的神秘時刻

愛在胸臆如泉驟湧

（當我終於

讀懂了麥田圈的奧義）

　　：

～～～～～～～～**必**～～～～～～～～～～～～～～～～～

～～～～～～**終**～～～～～～～～～**一**～～～～～～～～

～～～**你**～～～～～～～～～～～**再**～～～～～～～

～～～～～～**生**～～～～～～～～**孤**～～～～～～～～

～～～～～～～～～**一**～～**獨**～～～～～～～～～～

2006

七月

彷彿一艘巨大的幽浮才剛凌空離去

我們定居在那原來引擎棲息

所留下的躁熱裏

舉目方圓百里　千里　萬里⋯⋯

人類分布之處只剩焦土

暴躁的蒲公英灼黑的種籽：

「永遠的七月⋯⋯，七月流火⋯⋯」是誰

在我們的體毛濃密處

留下一朵朵深情的麥田圈

我們渴望著雲朵

但整幅天空盡是幽浮所偽裝

其實我們正逐漸乾燥

做著大雨痛擊臉頰和廣大草原之夜夢

（但其實我們正逐漸乾燥）

逐漸乾燥

正逐漸乾燥成這

後幽浮時代

一幅乾燥

的標本。

第七章　當我們的愛還沒有歸宿

命名

我看見你的努力

鍛鍊全身的每一塊肌肉那般

鍛鍊你腦海浮出的每個句子

一如打著一套深奧的拳法：

身子是**含胸拔背**

呼吸是**吐納大塊**

天地是**廣宇悠宙**

眼神是**爕爕含光**

「一切，都必須等到我能夠

為萬事萬物正確地命名……」

或者，聽見

從那萬事萬物的源頭

傳來回聲

你真正的名字。

簽名

想找地球某一空白處　簽下我的名字
端端正正　又自在揮灑地

我起身尋找　那空白處
容得下我　那三個字的

白雲深處　或在
動物嬰兒初睜的眼眸

或在情人坦白無懼的胸口
或在戰士死亡煥發的首級

或在暴雨甫歇的晨光海面
或在核暴過後的沙漠公路

或在視綫穿過海平面垂直跌落的終點

或在兩條平行綫終必相交的宇宙深處

這人間我發現我總是無法簽下

總是找不到足夠的空白處

好好簽下一個端端正正又自在揮灑的

我。

重逢

夢中的你變瘦了。但

依舊被我認出

在巴士過站不停的街角

昨日呼嘯而過我的鼓膜

只是城是已經傾過

又扶正的城

留下許多說謊的縫隙

溢出塵灰注滿的光

你彷彿才追尋一則典故回來

風塵僕僕的異地

風景，在一杯濁酒下肚之際

閃現在你礦坑般的眸

然而翻譯夢囈實非易事

在蒐尋過超市架上所有的詞彙

你確定遺失了遠方

你的心像撕過的佈滿皺紋的車票

在不經意掏著口袋時

隨幾枚骯髒的硬幣

一起跌入不斷塌陷入地心的

行人謙卑的足印裡

雄性的閱讀

在辭性不分的中文裡
我經常遇見　純粹　高熱　冒著煙的
雄性的字眼

就像經常在街上遇見的
那些手抄口袋走路的男人

失去武器仍要掠奪的
失去自信仍作浪漫的

失去結論仍勤於修辭的——
只是一無所有
或別無目的地
雄性　著

的那些男人——在我閱讀的過程裡　讓我
有時淚光滿溢

有時**分泌唾液**。

某個詩歌節

每年一度一群詩人群聚

在一座無人讀詩的城市裡

像一群靈媒的隊伍

行走在水泥與鋼與強化玻璃的蟻丘

之間，彼此只以心電感應交談：

「今天集會的目的是？」

「嗯嗯……」

許多的嗯嗯。嗯嗯。如跳蚤

咬過血之後　跳開　生下

更多的嗯嗯

預言的卵

——之後

他們逐漸失去感應的能力，孵出詩句：

身無彩鳳雙飛翼。

事有不可對人言。

從此詩人們發言只說：

嗯嗯。嗯嗯。

你走在熱帶亞熱帶溫帶並寒帶的山巔之上

你俯仰觀察藍天白雲並點名飛禽走獸

你腳踩大地並胸懷思想

你閱讀著文字並想像著詩——

有關天地萬物的明諭與暗諷

感情與愛的全部意象和音節——

而已然明白

一切的一切

意義已被窮盡……

這個被想像與思索所窮盡的星球

被詩、音樂與數學所扭曲　摺疊過的世界

你在其上奮力行走又行走

像人類初次學習站立——

而你正是那必然走過的旅人

偶然走在這已被窮盡的生之曼陀羅宇宙

你前來見證

你之無法任何見證

包括這無所不在又不證自明且不言而喻

卻又

不可言喻的

窮盡。

那個晚上 光棍節的

和三個光棍朋友，其中一個已經死了
用完晚餐一起回旅館
發胖最多的那個開著車

竟然都超過廿年沒見了
話題停在上個世紀
幽暗的山被蛇灰的公路重重纏繞
我們邊聊邊迷了路

此刻我的手機突然響了兩聲，傳來簡訊：

此刻是2011年11月11日晚間11時11分11秒。
我愛你。

我們四人不約而同同時
若有所悟地
不寒而慄

2011/11/16

閱讀大詩18　PG0888

 當我們的愛還沒有名字

作　　者	陳克華
責任編輯	邵亢虎
圖文排版	王思敏
封面設計	王嵩賀
贊助單位	台北市文化局

出版策劃	釀出版
製作發行	秀威資訊科技股份有限公司
	114 台北市內湖區瑞光路76巷65號1樓
	電話：+886-2-2796-3638　傳真：+886-2-2796-1377
	服務信箱：service@showwe.com.tw
	http://www.showwe.com.tw
郵政劃撥	19563868　戶名：秀威資訊科技股份有限公司
展售門市	國家書店【松江門市】
	104 台北市中山區松江路209號1樓
	電話：+886-2-2518-0207　傳真：+886-2-2518-0778
網路訂購	秀威網路書店：http://www.bodbooks.com.tw
	國家網路書店：http://www.govbooks.com.tw
法律顧問	毛國樑　律師
總 經 銷	創智文化有限公司
	236 新北市土城區忠承路89號6樓
	電話：+886-2-2268-3489　傳真：+886-2-2269-6560
	博訊書網：http://www.booknews.com.tw

出版日期	2012年12月　BOD一版
定　　價	410元

Printed in Taiwan

國家圖書館出版品預行編目

當我們的愛還沒有名字 / 陳克華作. -- 一版. -- 臺北市：
釀出版, 2012.12
　　面；　公分. --（語言文學類）
　BOD版
　ISBN　978-986-5976-93-4（精裝）

851.486   101023560

讀者回函卡

感謝您購買本書,為提升服務品質,請填妥以下資料,將讀者回函卡直接寄
回或傳真本公司,收到您的寶貴意見後,我們會收藏記錄及檢討,謝謝!
如您需要了解本公司最新出版書目、購書優惠或企劃活動,歡迎您上網查詢
或下載相關資料:http:// www.showwe.com.tw

您購買的書名:＿＿＿＿＿＿＿＿＿＿＿＿＿＿＿＿＿＿＿＿＿＿

出生日期:＿＿＿＿＿年＿＿＿＿＿月＿＿＿＿＿日

學歷:□高中 (含) 以下　　□大專　　□研究所 (含) 以上

職業:□製造業 □金融業 □資訊業 □軍警 □傳播業 □自由業

　　　□服務業 □公務員 □教職　□學生 □家管　　□其它＿＿＿

購書地點:□網路書店 □實體書店 □書展 □郵購 □贈閱 □其他

您從何得知本書的消息?

　□網路書店 □實體書店 □網路搜尋 □電子報 □書訊 □雜誌

　□傳播媒體 □親友推薦 □網站推薦 □部落格 □其他＿＿＿＿＿＿

您對本書的評價:(請填代號 1.非常滿意 2.滿意 3.尚可 4.再改進)

　封面設計＿＿ 版面編排＿＿ 內容＿＿ 文／譯筆＿＿ 價格＿＿

讀完書後您覺得:

　□很有收穫 □有收穫 □收穫不多 □沒收穫

對我們的建議:＿＿＿＿＿＿＿＿＿＿＿＿＿＿＿＿＿＿＿＿＿＿

＿＿＿＿＿＿＿＿＿＿＿＿＿＿＿＿＿＿＿＿＿＿＿＿＿＿＿＿＿＿

＿＿＿＿＿＿＿＿＿＿＿＿＿＿＿＿＿＿＿＿＿＿＿＿＿＿＿＿＿＿

＿＿＿＿＿＿＿＿＿＿＿＿＿＿＿＿＿＿＿＿＿＿＿＿＿＿＿＿＿＿

11466
台北市內湖區瑞光路 76 巷 65 號 1 樓

秀威資訊科技股份有限公司　　　收

BOD 數位出版事業部

....

（請沿線對折寄回，謝謝！）

姓　　名：＿＿＿＿＿＿＿＿　年齡：＿＿＿＿　性別：□女　□男

郵遞區號：□□□□□

地　　址：＿＿＿＿＿＿＿＿＿＿＿＿＿＿＿＿＿＿＿＿＿＿

聯絡電話：(日) ＿＿＿＿＿＿＿＿＿　(夜) ＿＿＿＿＿＿＿＿＿

E-mail：＿＿＿＿＿＿＿＿＿＿＿＿＿＿＿＿＿＿＿＿＿＿＿